W0313315

Hatier Vacances

Toutes les matières

- FRANÇAIS
- MATHS
- HISTOIRE/GÉO
- EMC
- PHYSIQUE-CHIMIE
- SVT
- TECHNOLOGIE
- ANGLAIS

+ Corrigés

Caroline Le Gouill et Sébastien Lenglet
français

Caroline et Jean-Pierre Bureau
mathématiques

Laurent Dedryver
anglais

Jean-Pierre Burriat et Laurent Fillion
histoire-géographie / EMC

Patrick Vermeulen
SVT

Hélène Manzo
physique-chimie

Sylvain Soulard
technologie

Avec la collaboration de
Laurianne Geffroy et Élisabeth Fainstein

Hatier

Découvre l'incroyable histoire d'Athéna et Manhattan

ATHÉNA
Athéna aime la littérature, le bricolage et tout ce qui a trait au passé.
Elle collectionne les vieilles machines à écrire, les casques de réalité virtuelle et autres antiquités technologiques.

MANHATTAN
Jumelle d'Athéna, Manhattan est passionnée de mode et de musique. Quand elle ne crée pas des hologrammes de mode, elle invente des tubes à l'aide de « bots » musiciens.

Je m'appelle Athéna Gruau. On aurait pu penser que de tels noms de famille n'existeraient plus, en 2117, mais si. De même, les tartines continuent de tomber systématiquement du côté beurré.
XXIIe siècle ou pas, les traditions perdurent… Voilà ce à quoi je pensais ce matin-là, alors que je prenais mon petit-déjeuner avec ma sœur, quand, tout à coup, je vis arriver mon père que je n'avais pas vu depuis plusieurs mois.
– Les filles ! Ho hé ! Me voici de retour.
Mon père, qui est archéologue, était en effet parti faire un voyage dans le XXIe siècle. Je me précipitai pour l'embrasser, tandis que Manhattan, ma jumelle, restait absorbée par son écran.
– Tenez ! je vous ai rapporté des cadeaux, déclara-t-il en déverrouillant la serrure à empreinte bionique de sa valise.

Retrouve la suite de l'histoire dans les exercices !

© Hatier, Paris 2020

ISBN : 978-2-401-06350-1

8 épisodes pour revoir tous les points clés du programme, sans jamais t'ennuyer !

SOMMAIRE

Les fichiers audio d'anglais, signalés par ce pictogramme, sont disponibles sur le site www.editions-hatier.fr dans la fiche article de l'ouvrage.

Zapping

Quelques infos amusantes au début de chaque épisode !

ÉPISODE 1

© Pacific Ring of Fire 2004 Expedition. NOAA Office of Ocean Exploration ; Dr Bob Embley, NOAA PMEL, Chief Scientist

Zapping

Trouve-t-on des volcans sous les océans ?

Il existe 1 000 fois plus de volcans dans le fond des mers et des océans que de volcans actifs à la surface des continents. Ce qui porte leur nombre à 1 500 000. La plupart d'entre eux constituent d'immenses chaînes de volcans sous-marins, en constante activité, au milieu des océans. D'autres sont des volcans isolés qui peuvent donner naissance à des îles comme celles de La Réunion, des Canaries ou d'Hawaï. Que se passe-t-il lorsqu'un volcan entre en éruption sous l'eau ? La lave, dont la température peut atteindre 1 000 °C, se fige instantanément au contact de l'eau très froide des océans et se recouvre d'une pellicule de verre. Ce phénomène donne naissance à de grosses boules solides, qui s'empilent au fur et à mesure de l'effusion. On parle de « lave en coussins ».

© SPL - Science Photo Library/NOAA/Biosphoto

© Kyodo/MAXPPP

Analyser un récit

Tu peux lire le début de l'histoire page 2.

Manhattan déballa un E-Pad 356 en faisant la moue : cela faisait déjà deux mois que le modèle 357 était sorti. Notre père soupira d'un air las, puis me tendit un objet rectangulaire beaucoup plus fin…

– Ce cadeau-là, je l'ai trouvé au cours de mon voyage.

– On dirait un livre ? se moqua Manhattan.

– Chouette, un livre ! repris-je avec enthousiasme.

– En fait, il s'agit d'un cahier de vacances, comme on en achetait aux enfants pour qu'ils révisent pendant leurs longues vacances d'été, précisa papa. Celui-ci date précisément de 2018.

C'était la première fois que je voyais ce type d'objet : un cahier avec des exercices et des lignes pour répondre ! Comme c'était excitant ! Ni une ni deux, je dévalai les escaliers jusqu'à ma chambre et déterrai, sous un amas de consoles démodées et de vieux lecteurs MP3, le plus grand trésor de ma collection : une machine à écrire portative. J'allais enfin pouvoir l'utiliser, pour remplir mon cahier de vacances !

Mini-Cours

- Dans un récit, le narrateur est celui qui raconte l'histoire. Il le fait le plus souvent à la 3e personne, comme témoin extérieur. Mais il peut aussi être l'un des personnages du récit : dans ce cas, il raconte à la 1re personne.
- En règle générale, un récit est structuré en différentes étapes. Au début, les personnages sont dans une situation stable. Celle-ci est bouleversée par un événement perturbateur qui marque le début des aventures des personnages (les péripéties). Celles-ci prennent fin avec le dénouement.
- La narration est interrompue par des dialogues qui donnent la parole aux personnages.

1 Dans le récit d'Athéna et Manhattan, qui raconte et à quelle personne ?

……………………………………………………………………………………………

2 Retrouve, à l'aide des portraits de la page 2, en quoi s'opposent les deux personnages.

Athéna	Manhattan
……………………………	……………………………
……………………………	……………………………

3 Relis le mini-cours. Selon toi, quel événement va déclencher l'histoire ?

……………………………………………………………………………………………

……………………………………………………………………………………………

4 *a)* Dans le texte, isole par des crochets le passage dialogué.

b) Quels personnages prennent la parole successivement ?

……………………………………………………………………………………………

CORRIGÉS p. 85

Parler d'actions en cours

Mini-Cours

- Dans un récit classique :
  – le passé simple est employé comme temps de base pour rapporter les actions successives qui forment la trame du récit ;
  – l'imparfait est utilisé de manière complémentaire pour camper le décor, décrire les personnages, rapporter les actions secondaires.
- Dans les dialogues, on trouve un autre système de temps, organisé autour du présent d'énonciation.

1 **Dans le texte ci-dessous, souligne les passages narratifs et isole le dialogue par des crochets.**

Alors que je m'apprêtais à ouvrir le cahier, Manhattan surgit dans ma chambre.

– Papa a dit que tu devais partager, Ath'.

– Depuis quand t'intéresses-tu aux cahiers de vacances ?

– J'adore les cahiers de vacances surtout si cela t'agace.

Et avant que je n'eusse le temps de pousser ne serait-ce qu'un soupir, ma sœur s'installa à côté de moi et commença à feuilleter le cahier.

2 **Dans les phrases que tu as soulignées, surligne en bleu le verbe à l'imparfait, en vert les verbes au passé simple. Puis complète le texte ci-dessous.**

Le verbe à l'.. rapporte dans quelles circonstances Manhattan a agi.

Les actions de Manhattan, qui forment la trame du récit, sont rapportées au ....

3 **Complète le tableau avec des formes au passé simple.**

	commencer	surgir	recevoir	revenir
1re pers. sing.	je commençai			je revins
3e pers. sing.		elle surgit		
3e pers. pluriel			ils reçurent	

Indice
Vérifie qu'à la 3e personne du singulier, tu as employé les terminaisons -a, -it, -ut et -int.

4 **a) Quel est le temps dominant dans le dialogue ?**

☐ passé simple ☐ imparfait ☐ présent

b) Complète ce passage avec des verbes de parole conjugués au temps qui convient.

– Papa a dit que tu devais partager, Ath', (s'exclamer) ....-t-elle.

– Depuis quand t'intéresses-tu aux cahiers de vacances ? lui (demander) ....-je.

– J'adore les cahiers de vacances surtout si cela t'agace, me (rétorquer) ....-t-elle.

Indice
Attention, les verbes de parole figurent dans la narration.

CORRIGÉS p. 85

Maths

Calculer avec des nombres relatifs

Mini-Cours

- La somme de deux nombres relatifs de même signe est un nombre relatif qui a, pour signe, le signe commun aux deux relatifs et, pour distance à zéro, la somme des distances à zéro.
Ex. : $(-4)+(-3)=(-7)$ $(+10)+(+2)=(+12)$
- La somme de deux nombres relatifs de signes contraires est un nombre relatif qui a, pour signe, le signe du nombre ayant la plus grande distance à zéro et, pour distance à zéro, la différence des distances à zéro.
Ex. : $(+10)+(-12)=(-2)$ $(-5)+(+7)=(+2)$
- Soustraire un nombre relatif revient à ajouter son opposé.
Ex. : $(-4)-(-5)=(-4)+(+5)=(+1)$
- Le produit ou le quotient de deux nombres relatifs de signes contraires est un nombre relatif négatif. Le produit ou le quotient de deux nombres relatifs de même signe est un nombre relatif positif.
Ex. : $(-12)\div(+3)=(-4)$ $(-5)\times(-2)=(+10)$

1 **Fais les calculs et complète les nombres avec les signes qui manquent.**

a) $(+9)\times(-5)=(\dots 45)$
b) $(-24)\div(\dots 6)=(-4)$
c) $27\div(-3)=(\dots 9)$
d) $(-8)\times(-4)=(\dots 32)$
e) $(-45)\div(-9)=(\dots 5)$
f) $4\times(\dots 8)=(-32)$

2 **Complète le carré pour qu'il soit multiplicativement magique.**

+ 18		+ 12
	− 6	
		+ 2

Indice

Un carré est multiplicativement magique lorsqu'en multipliant les nombres situés sur chaque ligne, sur chaque colonne ou sur chaque diagonale, on obtient le même résultat. Calcule d'abord le produit des trois nombres en diagonale.

3 Le 24 août 79, le Vésuve est entré en éruption. La ville d'Herculanum a été ensevelie sous une couche de cendres et de lave.

Observe le schéma ci-contre, puis :

a) Écris une opération permettant de trouver la différence de niveau entre la lave solidifiée et Herculanum.

....

....

b) Calcule la distance parcourue par la lave en fusion pour atteindre le sommet du volcan.

....

....

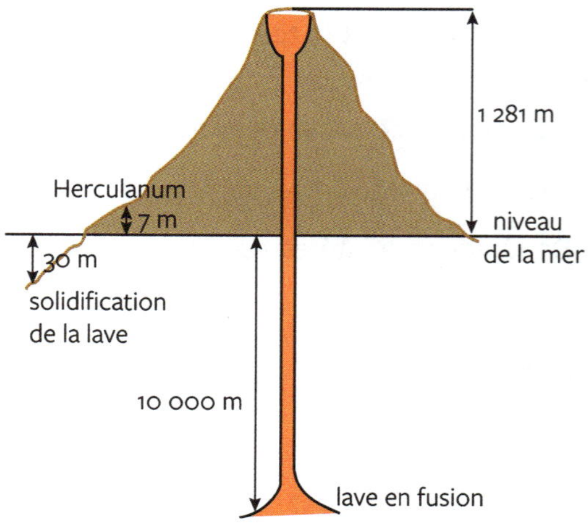

CORRIGÉS p. 85

Calculer avec des fractions

Mini-Cours

- Pour additionner ou soustraire deux nombres relatifs en écriture fractionnaire, on les réduit au même dénominateur puis on ajoute ou on soustrait les numérateurs et on garde le dénominateur commun.

Ex. : $\frac{-4}{5}+\frac{5}{10}=\frac{-8}{10}+\frac{5}{10}=\frac{-3}{10}$

- Pour multiplier deux nombres relatifs en écriture fractionnaire, on multiplie les numérateurs entre eux et les dénominateurs entre eux.

Ex. : $\frac{5}{2}\times\frac{-3}{4}=\frac{5\times(-3)}{2\times 4}=\frac{-15}{8}$

- L'inverse de la fraction $\frac{a}{b}$ est $\frac{b}{a}$ $(a \neq 0 \text{ et } b \neq 0)$.

- Pour diviser deux nombres relatifs en écriture fractionnaire, on multiplie la première fraction par l'inverse de la deuxième.

Ex. : $\frac{4}{7}\div\frac{-5}{2}=\frac{4}{7}\times\frac{2}{-5}=\frac{8}{-35}$

1 **Choisis la bonne réponse.**

a) $\frac{20}{15}$ est égal à : ☐ $\frac{4}{3}$ ☐ $\frac{3}{4}$ ☐ $\frac{5}{4}$

b) L'inverse de $\frac{11}{5}$ est : ☐ $-\frac{11}{5}$ ☐ $-\frac{5}{11}$ ☐ $\frac{5}{11}$

c) $\frac{4}{5}\times\frac{10}{3}$ est égal à : ☐ 2 ☐ $\frac{8}{3}$ ☐ $\frac{3}{4}$

d) $\frac{4}{5}\div\frac{8}{15}$ est égal à : ☐ $\frac{2}{3}$ ☐ $\frac{48}{75}$ ☐ $\frac{3}{2}$

2 **Complète la pyramide, sachant que chaque case contient la somme des deux fractions contenues dans les cases d'en dessous.**

	...	
...		...
$\frac{3}{4}$	$-\frac{1}{4}$	2

Indice

Écris 2 sous forme d'une fraction de dénominateur 4.

3 Le père de Marie a emmené toute la famille visiter Vulcania. En rculant à une allure rapide sur l'autoroute, il a consommé 42 litres d'essence. Marie a lu dans un journal que la consommation baisse d'un cinquième si l'allure est plus modérée.

a) Calcule le nombre de litres économisés en roulant à une allure plus modérée.

....

b) Calcule alors le nombre de litres consommés.

....

CORRIGÉS p. 85

Défendre son opinion

Holiday plans

Tom lives in London, and his cousin Andrew lives in Inverness.

TOM – Mum, Dad, while you were working outside Andrew phoned me and he insisted on inviting me during the holiday.

MRS BROWN – But you went to Inverness last year.

TOM – I know but I stayed there only three days and we didn't have enough time, er...

MR BROWN – What for?

TOM – To prove the existence of the Loch Ness monster!

MRS BROWN – The Loch Ness monster! What do you mean, Tom?

TOM – Well, while he was fishing in the lake a few days ago, Andrew saw something strange at the surface and he thinks it could be Nessie. And he lives so close to the lake that we could collect a lot of information for the fan club we intend to create, Nessie's fan club. Oh please, let me go, please.

MRS BROWN – What do you think of that, darling?

MR BROWN – As long as you don't force me to go. I hate monsters!

- *while:* pendant que
- *enough:* assez
- *to mean:* signifier
- *close:* près
- *as long as:* tant que

Mini-Cours

- Le prétérit simple fait référence à une action passée, terminée, détachée du présent.
  - À la forme affirmative, les verbes réguliers construisent leur prétérit avec *-ed* à toutes les personnes.
    Ex. : *At 6 he phoned his cousin.*
  - Les formes interrogative et négative se construisent avec l'auxiliaire *did* et la base verbale.
    Ex. : *He didn't phone. Did he phone?*
  - *Be* est le seul verbe ayant deux formes au prétérit : *was* et *were*.
- Le prétérit continu permet de parler d'une action en cours à un moment du passé. Il se construit ainsi : *be* (au prétérit) + BV-*ing*.
  Ex. : *He was phoning his cousin.*

1 True or false?

	True	False
a) It is Tom's first visit to Scotland.	☐	☐
b) Andrew does not live far away from Loch Ness.	☐	☐
c) Mr and Mrs Brown will go to Inverness with their son.	☐	☐

2 Relie les morceaux de phrase afin de découvrir les arguments que pourraient utiliser les parents de Tom pour le convaincre de passer les vacances avec eux.

The journey by train is so long •	• to communicate in French.
We insist on •	• that you will get bored after two hours.
We want to go to Paris and we need your help •	• spending the summer with you.

3 Écris les verbes entre parenthèses au prétérit simple ou au prétérit en *be* + BV-*ing*.

a) Andrew (phone) .... while Tom (watch) .... a wildlife documentary.

b) What (Tom's parents/do) .... when he (receive) .... a call from Andrew?

c) What (Andrew/see) .... while he (fish) ....?

d) Andrew (read) .... in his room when he first (hear) .... a strange noise outside.

CORRIGÉS p. 85

Exprimer un souhait

At the station

Tom is ready to leave for Inverness.

MR BROWN – We hope you'll enjoy your holiday, Tom.

TOM – I sure will. I'd like to see Nessie so much! Do you want me to bring you back something typically Scottish?

MRS BROWN – No thank you Tom, but we would like you to give these presents to Andrew, Uncle Matt and Aunt Debbie. And we ask you to be nice and polite too...

TOM – Listen, the conductor is blowing his whistle. I must go.

MR BROWN – Oh by the way Tom, if you want to bring us back something typically Scottish, why not Nessie in a gigantic aquarium?

TOM – So funny!

- *to bring back*: rapporter
- *conductor*: chef de gare
- *to blow*: souffler
- *whistle*: sifflet
- *by the way*: au fait

1 **Look carefully at these pictures and say which corresponds to the text above.**

1. ☐

2. ☐

3. ☐

2 **Écris ce que les parents de Tom veulent (*want*) ou aimeraient (*would like*) qu'il fasse.**

Ex. : Mrs Brown: "Give this present to Andrew, Tom."
Mrs Brown wants / would like Tom to give this present to Andrew.

a) Mrs Brown: "Say hello to Andrew and his parents for us, Tom."

Mrs Brown ....

....

b) Mr Brown: "Don't climb on Nessie's back, Tom."

Mr Brown ....

....

Mini-Cours

- La structure *want to* + BV permet d'exprimer la volonté.
Ex. : *If you want to bring us back something...*
La structure *would* (*'d*) *like to* + BV permet d'exprimer le souhait.
Ex. : *I'd like to see Nessie so much!*
- Lorsqu'on veut ou aimerait que quelqu'un fasse quelque chose, on utilise la structure *want / would like* + complément + *to* + BV. Ex. : *I want you to bring me something back.*

3 Avant le départ, Tom a reçu un appel d'Andrew. **Forme des phrases qui expriment ce qu'Andrew a dit (*tell*) ou demandé (*ask*) à son cousin de faire.**

Ex. : Take an umbrella (yes) – *He told / asked Tom to take an umbrella.*

a) Sleep on the train (no): ....

b) Bring his wetsuit (yes): ....

Petite info

Les verbes ask et tell peuvent aussi être suivis de : complément + to + BV.
Ex. : He tells them not to worry.

Histoire

La Révolution française et l'Empire

Mini-Cours

- En 1789, la France est une monarchie absolue : le roi possède tous les pouvoirs. La Révolution française met fin à la société d'ordres d'Ancien Régime, proclame la liberté et l'égalité en droits de tous les citoyens (Déclaration des droits de l'homme et du citoyens – DDHC) et impose la séparation des pouvoirs.
- En 1799, l'arrivée au pouvoir de Napoléon Bonaparte, comme consul puis comme empereur, marque le retour à un pouvoir plus personnel et plus autoritaire. Toutefois, par certains aspects, il parachève l'œuvre de la Révolution française.

1 Pendant la Révolution française, certaines journées ont fait basculer l'Histoire. **Sur la frise chronologique, souligne :**

– en rouge, un événement qui montre que 1789 fut l'année de la « révolution du peuple » ;

– en bleu, un événement qui montre qu'elle fut « la révolution des avocats et des députés » ;

– en noir, un événement symbole de la Terreur ;

– en vert, l'événement qui marque le retour à une forme de monarchie ;

– en gris, une décision qui a duré jusqu'en 2002.

Petite info

La fête nationale, instituée en 1880, fait référence à la prise de la Bastille le 14 juillet 1789 mais également à la fête de la Fédération du 14 juillet 1790 qui avait célébré le premier anniversaire de l'événement.

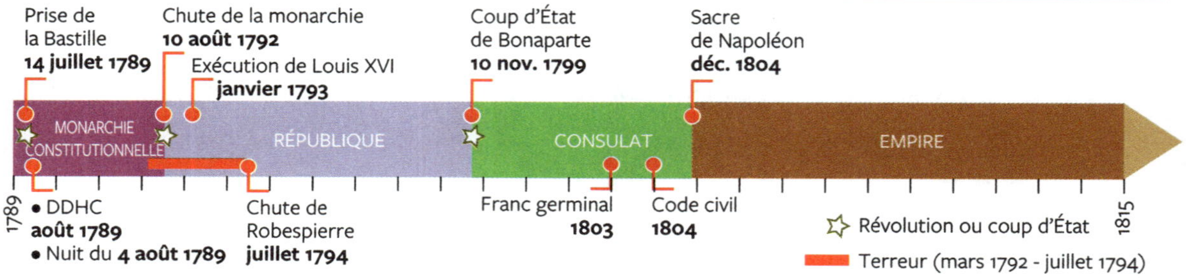

2 **Complète la grille de mots croisés afin de retrouver les transformations de la France pendant la Révolution française et l'Empire.**

Horizontalement :

1. Caractéristique du drapeau et de la cocarde révolutionnaires.

2. Unité de mesure inventée pendant la Révolution.

3. L'état civil le devient avec la Révolution française car il n'est plus du ressort de l'Église.

4. D'abord censitaire puis universel, c'est un des grands acquis de la Révolution française.

5. Ceux de la noblesse et du clergé ont été abolis la nuit du 4 août.

6. Ils furent officiellement proclamés pour tous le 26 août 1789.

Verticalement :

I. Texte organisant la séparation des pouvoirs en 1791.

II. Créés par Napoléon Bonaparte pour former à l'origine les officiers et les hauts fonctionnaires.

III. Nouveau découpage administratif créé en 1790.

IV. Recueil de lois concernant la vie quotidienne, créé sous Napoléon (en deux mots).

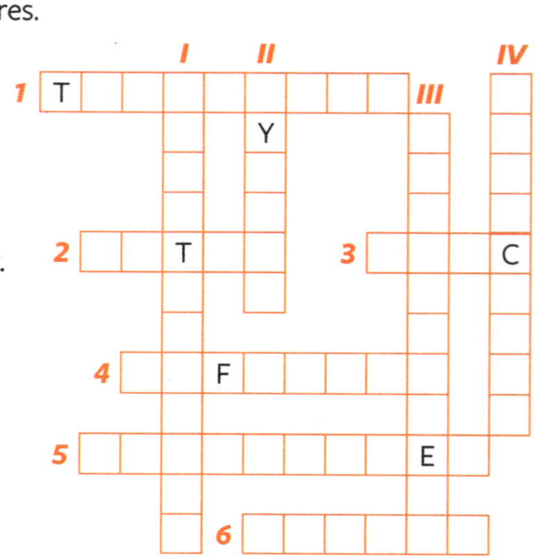

CORRIGÉS p. 85

Séismes et volcans

Mini-Cours

- Alors que la plupart des phénomènes géologiques sont caractérisés par une lenteur qui les rend souvent imperceptibles à l'échelle humaine, les activités sismiques et volcaniques sont des manifestations brutales qui témoignent des forces considérables qui s'exercent en profondeur.
- Lorsque les couches superficielles finissent par céder, les effets sont soudains et souvent catastrophiques pour l'Homme et les installations humaines. Ils modifient parfois considérablement les paysages.

1 **À l'aide de tes connaissances, du schéma et des termes ci-dessous, explique en quelques phrases les effets d'un séisme.**

épicentre – ondes sismiques – foyer – faille – rupture des roches

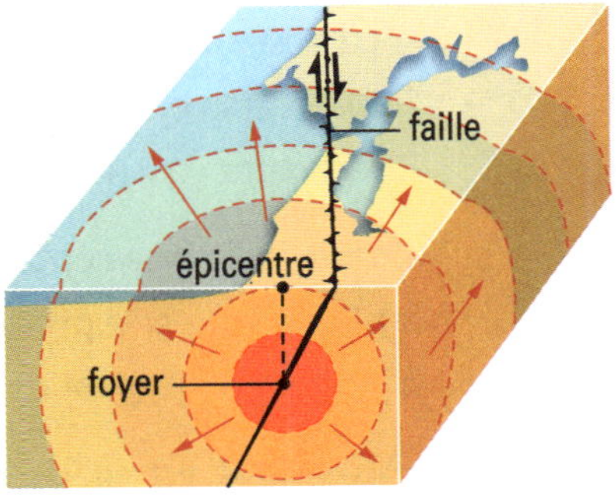

....

....

....

2 **Coche les cases correspondant aux « bonnes pratiques ». Justifie tes choix.**

☐ Construire des habitations aux murs épais.

....

☐ En cas de séisme annoncé, fuir les zones urbaines et gagner les champs.

....

☐ Construire des maisons sur des matériaux souples qui absorbent les déformations.

....

☐ En cas de séisme, rester dans son appartement.

....

3 **Lequel des deux volcans photographiés te paraît le plus dangereux pour les populations ? Justifie ta réponse.**

....

....

....

....

....

....

Indice

Le feu n'est pas toujours le danger le plus immédiat !

ph © Ed. Wray : AP : Sipa Press

Volcan explosif : projections (éruption du Mérapi, île de Java, Indonésie, 2006).

ph © R. Bouhet / AFP

Volcan effusif : coulées de lave (éruption du Piton de la Fournaise, île de la Réunion, France, 2005).

CORRIGÉS p. 86

Check!

6 questions pour vérifier que tu as retenu l'essentiel.

1 *J'allais enfin pouvoir utiliser ma machine à écrire pour remplir mon cahier de vacances !*

Si le narrateur de cette phrase passe à la 3e personne, quelle est la bonne solution ?

☐ Elle allait enfin pouvoir utiliser ma machine à écrire pour remplir mon cahier de vacances !

☐ Elle allait enfin pouvoir utiliser sa machine à écrire pour remplir son cahier de vacances !

☐ « J'allais enfin pouvoir utiliser ma machine à écrire pour remplir mon cahier de vacances ! » dit-elle.

2 **Imparfait ou passé simple ? Coche les bonnes réponses.**

☐ La tresse d'Athéna descendait sur son épaule.

☐ La tresse d'Athéna descendit sur son épaule.

☐ Manhattan ouvrait l'application « Devoirs » sur son téléphone et se mettait au travail.

☐ Manhattan ouvrit l'application « Devoirs » sur son téléphone et se mit au travail.

3 **Coche la bonne réponse.**

a) Pour $x = -5$, le produit $-4x$ est égal à : ☐ -20 ☐ 20 ☐ 9

b) $-7 - 7 \times (-7)$ est égal à : ☐ 0 ☐ 98 ☐ 42

c) $\frac{-2}{5} + \frac{3}{10}$ est égal à : ☐ $\frac{1}{10}$ ☐ $\frac{-1}{10}$ ☐ $\frac{1}{15}$

4 **Remets dans l'ordre le discours que Tom adresse à ses parents. Numérote les phrases de 1 à 4.**

[.....] Oh please! Let me go, please.

[.....] Andrew phoned me and he insisted on inviting me during the holiday.

[.....] And he lives so close to the lake that we could collect a lot of information for the fan club we intend to create, Nessie's fan club.

[.....] While he was fishing in the lake a few days ago, Andrew saw something strange at the surface and he thinks it could be Nessie.

5 **Coche les mots ou expressions qui sont des apports de la Révolution française.**

☐ société d'ordres ☐ égalité en droits ☐ séparation des pouvoirs

☐ souveraineté nationale

6 **Relie chaque mot à sa définition comme il convient.**

épicentre •	• fracture dans une couche du globe terrestre
séisme •	• ébranlement des couches superficielles du globe
faille •	• point de la surface terrestre où un séisme est le plus fort
lave •	• roche en fusion émise par un volcan

CORRIGÉS **p. 86**

WebQuest

Éruption sous-marine

L'activité des volcans sous-marins a été filmée à de nombreuses reprises. Pour découvrir ce spectacle de la nature, regarde la vidéo suivante : https://www.youtube.com/watch?v=hmMlspNoZMs.

ÉPISODE 2

© sturti/Istock

Zapping

Comment devenir un éco-citoyen ?

Si nous pouvons manger, voyager, jouer à la tablette... c'est grâce aux aliments, à l'eau et à l'énergie que nous procure notre planète. Mais ces ressources naturelles ne sont pas illimitées et notre environnement commence à saturer des déchets que nous produisons. Si personne ne fait attention, notre Terre va s'épuiser. Au cours des 30 dernières années, l'Homme a utilisé et parfois gaspillé 30 % des ressources naturelles de notre planète. Mais heureusement, il n'est pas trop tard pour adopter des modes de consommation moins gourmands en énergie et en matières premières, autrement dit pour devenir des éco-citoyens... et aider la planète à rester en bonne santé ! À ton échelle : pense à utiliser des piles rechargeables, à boire l'eau du robinet, à trier tes déchets, à utiliser les deux côtés de tes feuilles ou encore à aller à l'école à pied !

© ALAIN LE BOT/PHOTONONSTOP

© Chris Sattelberger/CULTURA-PHOTONONSTOP

Français

Utiliser des connecteurs logiques

Spécialiste de l'environnement, Jean-Marie Pelt évoque les ravages causés par l'homme à l'écosystème planétaire.

L'émouvante et incroyable splendeur de la Terre est notre bien commun le plus précieux, que nul ne peut s'approprier car [il] ne nous appartient pas ! Il nous appartient en revanche de le conserver jalousement comme un trésor, comme le patrimoine collectif inviolable de l'humanité. [...] Mais, tandis que l'homme perfectionne ses techniques, une dangereuse partie de bras de fer s'est engagée entre la science et la vie. [...] La Terre est malade. Elle est atteinte d'une étrange maladie qui a pour nom « développement », une idée pernicieuse qui meut la planète depuis trois siècles. Fort d'un savoir tout frais, l'homme a chaussé ses gros sabots pour soumettre la nature et la vie à ses pouvoirs et à sa loi.

▪ Jean-Marie Pelt, *Le Tour du monde d'un écologiste*, © Librairie Arthème Fayard, 1990.

Mini-Cours

- Dans un texte, chaque phrase doit apporter une nouvelle information par rapport à la phrase précédente.
- Les connecteurs logiques explicitent les enchaînements et renforcent la cohérence du texte.
- Selon le cas, ils expriment l'addition (*en outre, par ailleurs*), la cause (*en effet*), la conséquence (*donc, c'est pourquoi*), l'opposition (*mais, cependant*), etc.

1 **a) Relève dans le texte deux termes évoquant la puissance de l'homme et deux montrant la vulnérabilité de la Terre.**

Puissance de l'homme	Faiblesse de la Terre
....	....
....	....

b) Souligne le nom utilisé pour désigner la maladie dont souffre la Terre.

2 **Relève dans le texte :**

a) un connecteur logique introduisant une explication : .... ;

b) deux autres exprimant une opposition : .... ; ....

3 **Relie chacune de ces séries de connecteurs au lien logique qu'elle exprime.**

ainsi, c'est pourquoi, si bien que •	• cause
et, en outre, par ailleurs •	• conséquence
car, en effet, comme, parce que, •	• opposition
mais, pourtant, cependant, en revanche •	• addition

Indice

Des conjonctions de subordination (si bien que, parce que...) peuvent également servir de connecteurs logiques.

CORRIGÉS p. 86

Utiliser des mots de reprise

Français

Mini-Cours

- Au fil de son texte, un auteur est conduit à faire référence à des éléments déjà nommés. Pour ce faire, il utilise des mots de reprise qui lui permettent d'éviter les répétitions.
- Les plus courants sont les pronoms : personnels (*il, elles, lui, leur*...), démonstratifs (*celui-ci, ceux-là*...), possessifs (*le sien, les leurs*...), relatifs (*qui, dont*...), indéfinis (*certains, d'autres*...).
- D'autres types de reprises – qu'on appelle nominales – consistent en l'utilisation d'un synonyme ou d'un nom générique.

1 **Lis le texte ci-dessous puis coche les bonnes réponses.**

Depuis le 15 novembre 2006, lorsque vous achetez un nouvel appareil électrique ou électronique, le magasin doit reprendre gratuitement votre équipement usagé.
Au lieu de le jeter, il suffit de le rapporter au magasin ou de le faire reprendre lors de la livraison du neuf. Le prix d'achat des appareils neufs inclut désormais ce service.

Ce nouveau dispositif permet de recycler et de valoriser les déchets d'équipements électriques et électroniques, et ainsi d'économiser des ressources naturelles.

a) Quel nom générique reprend l'expression en couleur ?

☐ magasin ☐ équipement ☐ dispositif ☐ déchets ☐ ressources

b) Quel groupe nominal est repris par le pronom personnel « le » souligné dans le texte ?

☐ un nouvel appareil ☐ le magasin ☐ votre équipement usagé

2 **Dans le texte suivant, repère quatre répétitions. Souligne-les.**

Pour fabriquer du plastique, on puise le pétrole dans le sous-sol de la Terre. Du pétrole, on extrait des molécules à base de carbone. Puis on mélange ces molécules avec d'autres éléments pour obtenir différentes sortes de plastiques. On transforme ces plastiques en granulés. Ces granulés sont fondus puis moulés pour devenir des emballages.

3 **Réécris le texte ci-dessus afin de supprimer les répétitions. Utilise la liste de pronoms proposés.**

celle-ci – celui-ci – ces derniers – les uns – d'autres – que – qui

Pour fabriquer du plastique, on puise le pétrole dans le sous-sol de la Terre.
De ...., on extrait des molécules à base de carbone. Puis on mélange ces éléments avec ...., pour obtenir différentes sortes de plastiques .... l'on transforme en granulés. ....
sont fondus puis moulés pour devenir des emballages.

4 **Trouve le nom générique correspondant à chaque série de noms.**

a) verre, carton, plastiques, métaux ferreux et non ferreux

→ ....

b) épluchures, papiers gras, bouteilles vides, flacons usagés

→ ....

CORRIGÉS p. 86

Maths

Calculer avec des puissances de 10

Mini-Cours

- Pour tout entier n,

$10^n = \underbrace{10 \ldots 0}_{n \text{ zéros}}$ et $10^{-n} = \underbrace{0{,}0 \ldots}_{n \text{ zéros}} 1$

Ex. : $10^6 = 1\,000\,000$ (1 suivi de six zéros)
$10^{-4} = 0{,}0001$ (1 précédé de quatre zéros)

- Pour **multiplier** un nombre par 10^n, on décale la virgule de n rangs vers la droite. Pour multiplier un nombre par 10^{-n}, on décale la virgule de n rangs vers la gauche.

Ex. : $2{,}7 \times 10^3 = 2\,700$ $\quad$ $32{,}12 \times 10^{-2} = 0{,}3212$

- L'**écriture scientifique** d'un nombre décimal non nul est de la forme $a \times 10^n$ où a est un décimal tel que $1 \leqslant a < 10$ et n un entier relatif.

Ex. : 324,75 a pour écriture scientifique $3{,}2475 \times 10^2$
et 0,35 a pour écriture scientifique $3{,}5 \times 10^{-1}$.

- Quels que soient les entiers relatifs m et n :

$10^m \times 10^n = 10^{m+n}$ $\quad$ $(10^m)^n = 10^{m \times n}$

$\dfrac{10^m}{10^n} = 10^{m-n}$ $\quad$ $\dfrac{1}{10^m} = 10^{-m}$

1 **Coche la bonne réponse.**

a) 10^{-3} est égal à : ☐ 1 000 ☐ 0,001 ☐ – 1 000

b) $10^{-2} \times 10^6$ est égal à : ☐ 10^{-12} ☐ 100^4 ☐ 10^4

c) $(10^{-3})^{-2}$ est égal à : ☐ 10^6 ☐ 10^{-5} ☐ 10^{-1}

d) $\dfrac{10^3}{10^{-2}}$ est égal à : ☐ 10^{-5} ☐ 10^5 ☐ 10^{-6}

2 **Dans la liste ci-dessous, coche les nombres donnés en écriture scientifique.**

☐ $0{,}123 \times 10^2$ ☐ $10{,}735 \times 10^{-4}$ ☐ 7,253
☐ $1{,}753 \times 10^{-5}$ ☐ $8{,}2 \times 10^3$ ☐ 12

Astuce
Relis le mini-cours si tu ne sais plus ce qu'est l'écriture scientifique.

3 À cause de la pollution de l'air, la Terre connaît un réchauffement climatique.

a) La couche de glace du Groenland fond. La quantité d'eau douce résultant de cette fonte pourrait ajouter 0,56 millimètre chaque année au niveau des mers et des océans de la planète.

Donne l'écriture scientifique de 0,56 millimètre. ....

b) La banquise arctique s'est réduite au cours des 30 dernières années de 1 988 000 km² (soit près de deux fois la France).

Donne l'écriture scientifique de 1 988 000 km². ....

c) En 1850, les glaciers alpins occupaient une surface de 4 475 km². Depuis, on estime qu'ils ont perdu la moitié de leur surface.

Donne l'écriture scientifique de l'aire actuelle des glaciers alpins.

....

....

CORRIGÉS **p. 86**

Résoudre une équation

Mini-Cours

- Une équation est une égalité dans laquelle certains nombres sont inconnus. Résoudre une équation, c'est trouver toutes les valeurs possibles de l'inconnue.
- On ne change pas une égalité si on ajoute ou si on retranche un même nombre aux deux membres de l'égalité.
  Ex. : Si $x + 2 = 3$, alors $x + 2 - 2 = 3 - 2$ ou encore $x = 1$.
- On ne change pas une égalité si on multiplie ou si on divise par un même nombre les deux membres de l'égalité.
  Ex. : Si $x \times 2 = 8$, alors $x \times 2 \div 2 = 8 \div 2$ ou encore $x = 4$.

1 x désigne un nombre relatif.
Associe chaque équation de la colonne de gauche à sa solution située dans la colonne de droite.

$3 + x = 0$ •	• $x = -\frac{1}{3}$
$3 - x = 0$ •	• $x = -8$
$3x + 1 = 0$ •	• $x = -3$
$x + 3 = -5$ •	• $x = 3$

2 Le pétrole est transporté dans des barils cylindriques. Le rayon de la base mesure 40 cm. Le volume du baril est égal à 628 000 cm³.

a) Écris une équation permettant de calculer la hauteur h du baril.

....

b) Calcule la hauteur h en prenant 3,14 pour valeur approchée de π.

....

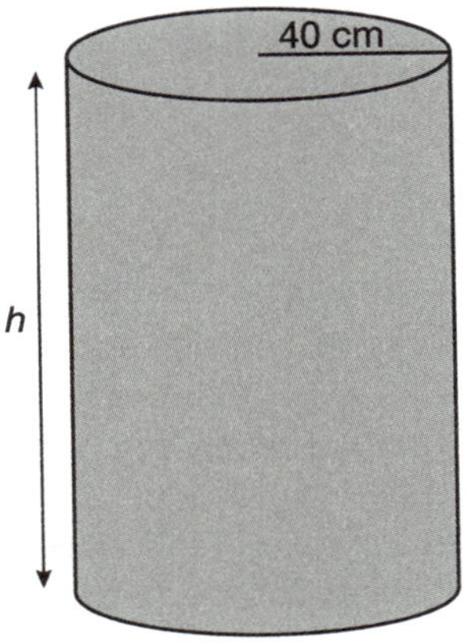

Indice
Le volume V du cylindre de rayon R et de hauteur h est : $V = \pi \times R^2 \times h$.

3 Le rectangle ci-dessous a pour longueur $x + 5$ et pour largeur $x - 2$ où x désigne un nombre positif.

a) Complète les pointillés pour exprimer le périmètre P du rectangle en fonction de x.

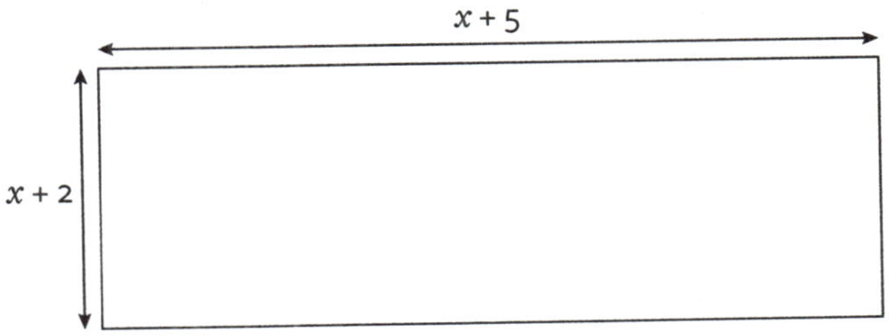

P = 2 × (x + ...) + 2 × (...... + 2)

P = ... + 10 + 2x + ...

P = 4x + ...

b) Le périmètre de ce rectangle est 26 cm. Écris une équation permettant de calculer le nombre x.

....

....

c) Résous cette équation.

....

....

CORRIGÉS p. 86

Anglais

Accueillir un invité

Arriving at Inverness

After a long journey, Tom arrives at last at his cousin's.

AUNT DEBBIE – Welcome to Scotland, Tom. Did you have a nice journey?

TOM – Yes I did. I suppose it was the longest journey of my life but it was worth it. The Scottish countryside is so beautiful!

ANDREW – We're delighted to see you again, Tom. How are your parents?

TOM – They're OK. Here are some presents from them.

UNCLE MATT – How nice of them! Thank you very much, Tom.

TOM – You're welcome. We're going to have the most exciting holiday of our life, Andrew.

ANDREW – I agree with you. I hope we'll be luckier than last year.

- *it was worth it:* ça valait le coup
- *countryside:* campagne
- *delighted:* ravi(s), ravie(s)
- *to agree:* être d'accord

Mini-Cours

- Le superlatif de supériorité exprime la prédominance d'un élément sur tous les autres.
- Pour les adjectifs courts, il se forme ainsi : *the* + adj.*-est*. Ex. : *long* / *the longest*.
Si l'adjectif se termine par y, le *y* devient *i*.
Ex. : *silly* / *the silliest*.
Il existe trois exceptions : *good* / *the best*, *bad* / *the worst*, *far* / *the farthest* ou *the furthest*.
- Pour les adjectifs longs, le superlatif se forme ainsi : *the most* + adj.
Ex. : *exciting* / *the most exciting*.
- Le superlatif est le plus souvent suivi des prépositions *in* ou *of*.
Ex. : *the best in the world, the longest journey of my life.*

1 **Are Tom's relatives pleased to see him or not? Two sentences can help you to answer this question, find them!**

☐ They are pleased.

☐ They are not pleased at all.

1. ....

2. ....

2 Tu es accueilli(e) par un correspondant étranger pour la première fois.
Parmi ces trois phrases, une ne correspond pas à la situation. **Laquelle ?**

☐ Nice to meet you!

☐ Leave me alone!

☐ How do you do?

3 Voici les caractéristiques physiques et morales de Tom et Andrew.
À partir des données, construis des phrases en utilisant le superlatif de supériorité.

	Tom	Andrew
a) funny	+	+++
b) absent-minded	+++	+
c) inquisitive	+	+++
d) (height)	1.70 m	1.75 m
e) (age)	14 years old	13 years old

Ex. : **a)** *Andrew is the funniest of all.*

b) ....

c) ....

d) ....

e) ....

Attention

À toi de trouver les deux derniers adjectifs dérivés des noms écrits entre parenthèses.

CORRIGÉS **p. 87**

Parler d'actions à venir

How about camping by the lake?

The two boys explain to Andrew's parents what they intend to do.

AUNT DEBBIE – What are you doing with this tent, Andrew?

ANDREW – Well, er... Tom and I are going to camp by the lake.

AUNT DEBBIE – Camp by the lake?

ANDREW – Yes, Mum. If we stay close to the lake for a few days, it will be easier for us to get information on Nessie, won't it?

UNCLE MATT – Well, the lake is only a few yards from home so I suppose you can.

TOM – Great!!

ANDREW – Don't worry, we'll have lunch and dinner with you every day.

UNCLE MATT – And you call yourselves campers! We hope you'll call us when you see Nessie.

TOM AND ANDREW – Oh yes, we will!

• *close to*: près de • *a few*: quelques • *great!*: super !

1 Multiple-choice questions: choose the right answer.

a) Aunt Debbie:

☐ knew about the children's intentions.
☐ did not know anything about the children's intentions.
☐ does not care about the children's intentions.

b) Uncle Matt:

☐ thinks the children can camp by the lake.
☐ does not want the children to camp by the lake.
☐ forces the children to camp by the lake.

2 À partir de ces dessins, imagine ce qui va se passer. Pour l'exprimer, forme une phrase en utilisant *be going to*.

a) 

b) 

a) ....

b) ....

Mini-Cours

• Pour exprimer le futur, on utilise l'auxiliaire *will* (+ BV).
Ex. : *I will call you tomorrow.*

• Dans les subordonnées temporelles introduites par *when* ou *as soon as*, le futur se traduit par un présent simple.
Ex. : *We hope you will call us when you see Nessie.*

• On utilise *be going to* + BV pour exprimer un futur proche, une intention, une supposition.
Ex. : *It is going to rain.*

• Le présent progressif (*be* + BV-*ing*) accompagné d'un complément de temps permet aussi de parler d'une action à venir.
Ex. : *Andrew's parents are having the children for dinner tonight.*

3 *Will*, *be going to* ou *be* + BV-*ing*? Mets les verbes entre parenthèses à la forme qui convient.

a) Look at those dark clouds! It (rain) ....

b) Andrew and Tom (leave) .... as soon as they are ready.

c) The children (sleep) .... in the tent tonight.

CORRIGÉS p. 87

Géographie

Espaces et paysages de l'urbanisation

Mini-Cours

- Aujourd'hui, 54 % de la population mondiale habite dans un espace urbain. L'urbanisation et son évolution sont toutefois inégales selon les continents.
- Les centres des villes ont tendance à s'uniformiser sous l'effet de la mondialisation (CBD, centres commerciaux...).
- Les périphéries reflètent les inégalités sociales, abritant souvent des banlieues pauvres dans les pays développés et des bidonvilles géants dans les pays en voie de développement.

1 À l'aide du graphique, coche les bonnes réponses

a) La population urbaine mondiale...

☐ augmente. ☐ stagne. ☐ diminue

b) Les trois continents les plus urbanisés sont...

☐ l'Afrique. ☐ l'Asie. ☐ l'Europe.
☐ l'Amérique latine. ☐ l'Amérique du Nord.

c) Les trois continents qui connaissent la plus forte urbanisation depuis 50 ans sont...

☐ l'Afrique. ☐ l'Asie. l'Europe.
☐ l'Amérique latine. ☐ l'Amérique du Nord.

Petite info

C'est en Asie que l'on compte le plus de mégapoles (villes de plus de 10 millions d'habitants).

La population urbaine mondiale

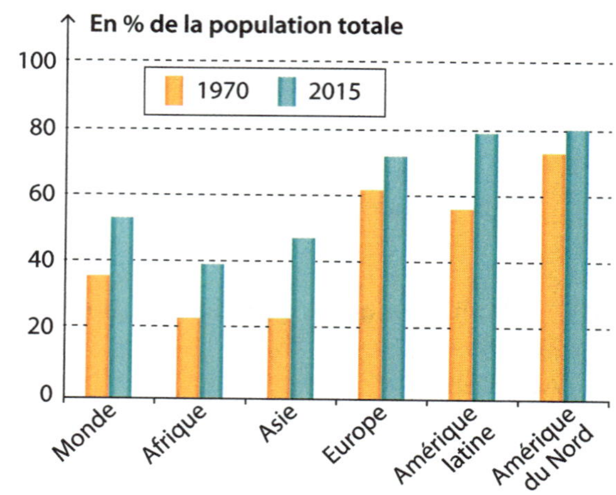

Source : ONU, 2015.

2 Légende chaque photographie, à l'aide de la liste ci-desous.

centre commercial (*mall*) – lotissement récent – bidonville – centre des affaires (CBD) – espace périurbain – centre historique

© Livia Corona

a) ....

© dndavis/Istock

b) ....

© compassandcamera/Istock

c) ....

© franckreporter/Istock

d) ....

© Google Earth

e) ....

© The-Tor/Istock

f) ....

CORRIGÉS p. 87

L'air

Mini-Cours

- La Terre est entourée d'une enveloppe gazeuse appelée **atmosphère**, divisée en **quatre couches** : la troposphère, la stratosphère, la mésosphère et la thermosphère.
- L'air, seul élément naturel que l'on utilise sans réfléchir, est un mélange de gaz. Il est constitué d'environ **80 % de diazote** et de **20 % de dioxygène**.
- L'air est miscible aux autres gaz et peut donc se mélanger à des gaz toxiques. Ces **polluants atmosphériques** sont nombreux. Leurs conséquences (augmentation de l'effet de serre...) sont de plus en plus préoccupantes.

1 **Coche la bonne représentation moléculaire de l'air.**

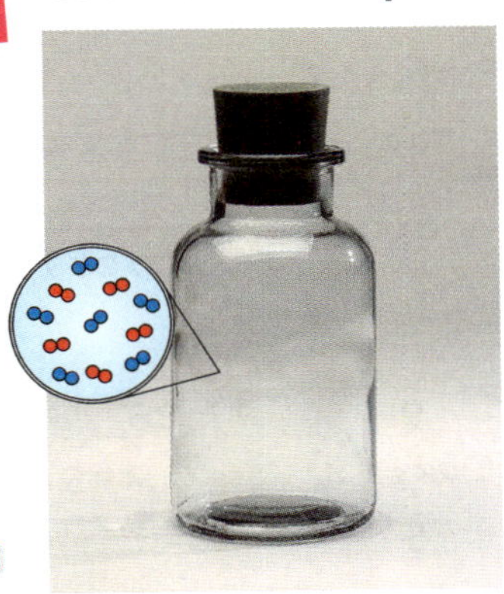

1. ☐

2. ☐

3. ☐

ph © Jean Riby

dioxygène — diazote — dioxyde de soufre — eau

2 **Complète la carte d'identité du dioxygène à l'aide du texte.**

Le dioxygène est souvent appelé à tort oxygène. Bien qu'inodore, incolore et insipide, il est indispensable à la vie car il sert à la respiration. C'est un gaz car il se vaporise à – 182,95 °C. Il participe à des réactions telles que la corrosion ou la combustion. La molécule de dioxygène, de formule O_2, est composée de deux atomes d'oxygène liés entre eux.

Carte d'identité chimique	
Représentation moléculaire :	Nom : ....
	Formule chimique : ....
	Goût : ....
	Apparence : ....
	Température de vaporisation : ....
	Qualité principale : ....

3 À l'état gazeux, les molécules sont très éloignées les unes des autres, ce qui explique que les gaz se mélangent entre eux. Dans l'expérience schématisée ci-dessous, le premier flacon contient de l'air et le second un gaz toxique roux : le dioxyde d'azote.

Représente les molécules dans chaque flacon quand on supprime la séparation.

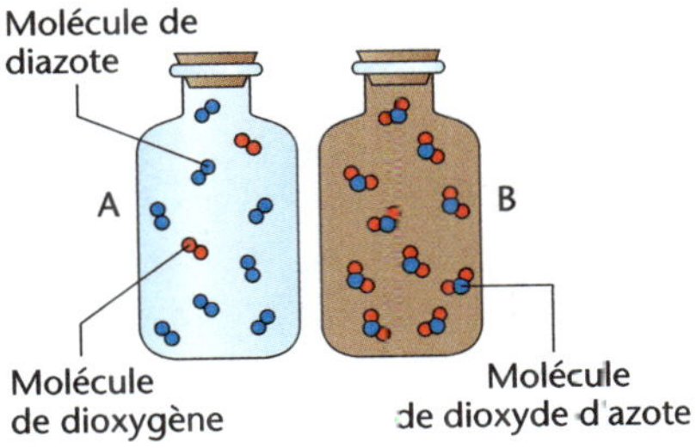

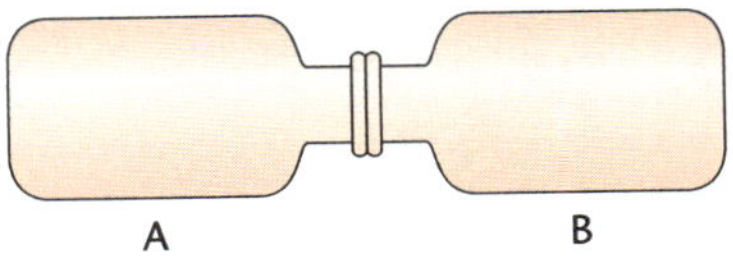

CORRIGÉS p. 87

Check! 6 questions pour vérifier que tu as retenu l'essentiel.

1 La reprise est-elle nominale ou pronominale dans la proposition soulignée ?

	Nominale	Pronominale
a) Une usine rejette de la fumée. On respire cette pollution.	☐	☐
b) Les humains polluent. Beaucoup commencent à réagir.	☐	☐
c) Évitons les sacs en plastique ! Préférons ceux en papier !	☐	☐

2 Coche la bonne réponse.

a) $10^{-3} \times \frac{10^7}{10^2}$ est égal à : ☐ 10^2 ☐ 10^8 ☐ 10^{19}

b) L'écriture scientifique de 821,75 est : ☐ 8,2175 ☐ $8{,}2175 \times 10^{-2}$ ☐ $8{,}2175 \times 10^2$

c) Une autre écriture de $53{,}76 \times 10^3$ est : ☐ $5{,}376 \times 10^2$ ☐ 53 760 ☐ $537{,}6 \times 10$

d) $10^{-3} \times 10^{-2}$ est égal à : ☐ 100 000 ☐ –100 000 ☐ $\frac{1}{100\,000}$

3 Coche la bonne réponse.

a) La solution de l'équation $x + 2 = -7$ est : ☐ – 5 ☐ – 9 ☐ – 3,5

b) – 2 est la solution de l'équation : ☐ $x + 2 = x - 3$ ☐ $2x = -4$ ☐ $x - 2 = 5$

c) L'équation $5x = 0$ a pour solution : ☐ 0 ☐ – 5 ☐ 5

4 Complète les phrases suivantes en cochant la bonne réponse.

a) Loch Ness is one of the ☐ bigger ☐ biggest lakes in the United Kingdom.
And probably one of the ☐ most ☐ more famous too!

b) Tom and Andrew will not ☐ stopping ☐ stop ☐ stopped their research until they find Nessie.

5 Parmi ces espaces urbains, lesquels trouve-t-on dans toutes les métropoles du monde ?

☐ un quartier d'affaires ☐ un bidonville ☐ un centre historique
☐ un centre commercial (*mall*)

6 Coche la bonne réponse. L'air est composé de :

☐ 70 % de diazote / 20 % de dioxyde de carbone / 10 % de dioxygène
☐ 80 % de dioxygène / 20 % de diazote
☐ 80 % de diazote / 20 % de dioxygène

CORRIGÉS **p. 87**

WebQuest

Calcule ton empreinte écologique !
Chacun d'entre nous peut calculer son « empreinte écologique », c'est-à-dire la surface dont il a besoin pour vivre en autarcie de façon durable, se nourrir, s'abriter, se chauffer, etc. Tu aimerais connaître l'impact environnemental de ta famille ? Avec l'aide d'un adulte, calcule votre empreinte écologique sur ce site : **http://e-graine.org/calculer_son_empreinte/**

ÉPISODE 3

© cyoginan/Istock

Zapping

Demain, le TGV volera-t-il au-dessus des rails ?

Dans les prochaines années, le TGV pourrait voir arriver un nouveau concurrent : le train à lévitation magnétique. Ce train a la particularité de « voler » au-dessus des rails. Tout se passe comme si le train et les rails étaient deux gros aimants qui se repoussaient. Le train se retrouve en lévitation, à environ 10 centimètres au-dessus des rails. Et il peut atteindre une vitesse de 550 km/h contre 320 km/h pour le TGV français. L'inconvénient : il reste très cher et nécessite des rails spécifiques. Ce type de train circule actuellement en Chine, entre le centre-ville de Shanghai et l'aéroport international, mais aussi au Japon et en Corée du Sud. D'autres projets sont à l'essai comme celui du Maglev japonais qui a battu le record de vitesse mondiale avec 603 km/h en avril 2015. Il pourrait être mis en service en 2027 et relier Tokyo à Nagoya.

© Kurita KAKU/Gamma-Rapho

Français

Rapporter des paroles dans un récit

Jacques Lantier est mécanicien sur la ligne de chemin de fer Paris-Le Havre.

Trois mois plus tard, par une nuit tiède de juin, Jacques conduisait l'express du Havre, parti de Paris à six heures trente. Sa nouvelle machine, la machine 608, toute neuve, [...] n'était pas commode [...]. Il jurait souvent contre elle, regrettant la Lison [...]. Mais, cette nuit-là, le ciel était d'une douceur si délicieuse, qu'il se sentait porté à l'indulgence, la laissant galoper un peu à sa fantaisie, heureux lui-même de respirer largement. [...] Lui qui ne parlait jamais en route, plaisanta Pecqueux, qu'on lui avait laissé pour chauffeur.

« Quoi donc ? vous ouvrez l'œil comme un homme qui n'a bu que de l'eau. »

Pecqueux, en effet, contre son habitude, semblait à jeun et très sombre. Il répondit d'une voix dure :

« Faut ouvrir l'œil, quand on veut voir clair. »

▪ Émile Zola, *La Bête humaine*, 1890.

Mini-Cours

Quand le narrateur veut rapporter les paroles des personnages, il peut :

– donner à entendre directement les paroles des personnages (discours direct, signalé le plus souvent par des guillemets). Ex. : *Elle lui dit à voix basse : « Faut tâcher de ne pas faire trop de bruit ».*

– intégrer les paroles dans la narration (discours indirect). Ex. : *Elle lui demanda à voix basse de ne pas faire trop de bruit.*

1 Lis le texte ci-dessus puis réponds aux questions.

a) Combien de personnages parlent ?

☐ aucun ☐ un ☐ deux

b) Souligne les deux verbes qui introduisent des paroles au discours direct. À quel temps sont-ils ?

....

....

2 Transforme les paroles de Pecqueux en discours indirect.

Il répondit d'une voix dure qu'il ....

....

Indice

Le verbe introducteur étant au passé, tu dois mettre les verbes falloir et vouloir au passé. On parle de concordance des temps.

3 Complète les phrases avec un verbe introducteur de parole conjugué au passé simple.

a) « Oh ! Ce n'est pas possible ! Je vais être en retard ! » ....

b) « À quelle heure part le TGV pour Strasbourg ? » ....

c) « Tu pars avec moi ? – Je ne sais pas. » ....

4 Réécris le texte en rapportant les paroles directement.

Le voyageur raconta à son voisin qu'il avait bien failli rater le TGV ce matin-là, parce que, par malchance, le train n'était pas sur la même voie de départ que les autres jours. Il lui expliqua qu'il avait dû courir à travers toute la gare.

→ Le voyageur raconta à son voisin : « .... ce matin parce que, par malchance, le train n'était pas sur la même voie de départ que les autres jours. ...., expliqua-t-il. »

CORRIGÉS p. 87

Distinguer les niveaux de langue

Mini-Cours

Selon la situation et le destinataire, on n'utilise pas le même niveau de langue.

- Le langage familier est surtout utilisé à l'oral, entre amis. Le vocabulaire est peu élégant, la construction des phrases parfois fautive. Ex. : *Faut pas pousser !*
- Le langage courant, utilisé à l'oral et à l'écrit, respecte la grammaire et utilise un vocabulaire correct, sans recherche excessive. Ex. : *Il ne faut pas exagérer !*
- Le langage soutenu, utilisé surtout à l'écrit, présente un vocabulaire et des constructions de phrase recherchées. Ex. : *Je vous prie de rester raisonnable.*

1 **Les groupes nominaux ci-dessous ont le même sens. Relie chacun d'eux au niveau de langue qui est le sien.**

le train d'antan •	• langage familier
l'vieux tacot •	• langage courant
l'ancienne locomotive •	• langage soutenu

2 **Complète le tableau avec les mots correspondant au niveau de langue.**

familier	courant	soutenu
....	....	se restaurer
une baraque	....	....

3 **Identifie le niveau de langue du texte ci-dessous.**

Le 30 mai, le groupement Femern Link Contractors a signé avec le gouvernement danois les contrats pour la conception-construction du plus long tunnel immergé ferroviaire et routier du monde, soit 18 km entre les îles de Lolland (Danemark) et de Fehmarn (Schleswig-Holstein, Allemagne), pour un total de 3,4 milliards d'euros. [...] Une fois le tunnel sous-marin terminé (en 2026 au plus tôt), l'Europe du Nord ne sera plus qu'à sept minutes en train ou dix minutes en voiture de l'Allemagne par l'itinéraire le plus direct, au lieu d'une heure actuellement en ferry.

■ « Danemark-Allemagne. Le plus long tunnel immergé ferroviaire et routier du monde pour relier l'Europe du Nord », www.lalettreducheminot.fr, 27 octobre 2016.

→ Ce texte, extrait d'un ...., est rédigé dans un niveau de langue ....

4 **Compare le texte précédent avec celui-ci.**

Trop kiffant ! T'imagines si y a des fenêtres ! On pourrait zyeuter les poissons pendant l'voyage. Le tunnel sous la Manche ça leur a pas suffi. Ils sont au top les trains maintenant.

a) Quel est le niveau de langue de ce texte ? ....

b) Réécris le texte dans un niveau de langue courant.

....

....

....

....

....

....

CORRIGÉS p. 87

Maths

Développer ou factoriser une expression littérale

Mini-Cours

Développer une expression algébrique, c'est transformer un produit en somme algébrique. Factoriser une expression algébrique, c'est transformer une somme algébrique en produit.

Pour tous nombres relatifs a, b, c, d, on a :

$c(a + b) = ca + cb$

$(a + b)(c + d) = ac + ad + bc + bd$.

Ex. : $A = 2(x + 3)$; $A = 2x + 6$

$C = (x + 2)(x - 3)$

$C = x^2 - 3x + 2x - 6$

$C = x^2 - x - 6$

1 **Coche la bonne réponse.**

a) L'expression développée de $2(x - 3)$ est :

☐ $2x - 5$ ☐ $2x - 3$ ☐ $2x - 6$

b) L'expression développée et réduite de $(x + 4)(x + 6)$ est :

☐ $x^2 + 10x + 10$ ☐ $x^2 + 10x + 12$ ☐ $x^2 + 10x + 24$

c) L'expression factorisée de $6x + 15$ est :

☐ $6(x + 15)$ ☐ $3(2x + 15)$ ☐ $3(2x + 5)$

d) L'expression factorisée de $2x^2 + 5x$ est :

☐ $x(2x + 5)$ ☐ $x^2(2 + 5)$ ☐ $2x(x + 5)$

2 x désigne un nombre relatif. **Relie chaque expression de la colonne de gauche à son expression réduite située dans la colonne de droite.**

$9x^2 - 2x - 5 + x^2 - 11 - 4x$ •	• $-2x$
$3(x - 1) + 2(x + 2)$ •	• $x^2 - x - 2$
$(x + 1)(x - 2)$ •	• $10x^2 - 6x - 16$
$2x + 3x - 7x$ •	• $5x + 1$

3 Le constructeur du train à lévitation magnétique souhaite que les passagers aient une bonne visibilité pour admirer le paysage par les fenêtres. Il hésite entre des fenêtres carrées ou rectangulaires.

Indice

L'aire d'un carré est égale à côté × côté. L'aire d'un rectangle est égale à longueur × largeur.

a) **Écris une expression littérale** donnant l'aire d'une fenêtre carrée de côté x :

....

Calcule l'aire de la fenêtre carrée si $x = 120$ cm :

....

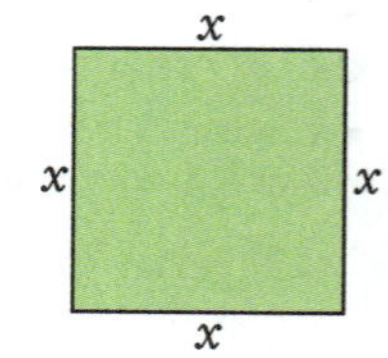

b) Le constructeur décide de diminuer un côté de 20 cm et d'augmenter l'autre côté de 30 cm, comme le montre la figure ci-contre.

Écris une expression littérale donnant l'aire de la nouvelle fenêtre :

....

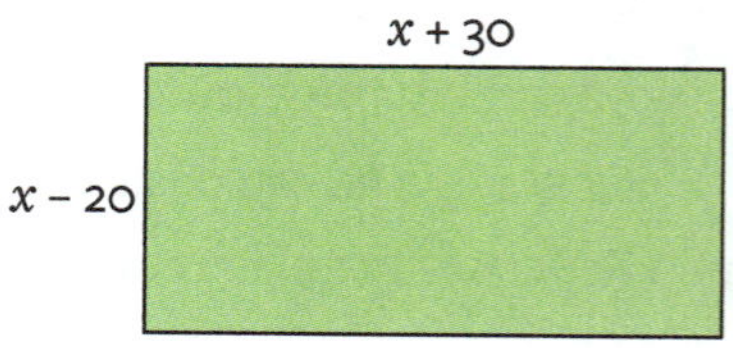

Donne l'expression développée de cette aire :

....

Calcule l'aire de la fenêtre rectangulaire si $x = 120$ cm :

....

c) **Compare les deux aires trouvées** et donne un conseil au constructeur du train à lévitation magnétique.

....

....

CORRIGÉS p. 87

Appliquer le théorème de Pythagore

Maths

Mini-Cours

Le théorème de Pythagore s'énonce ainsi : si un triangle est rectangle, alors le carré de la longueur de l'hypoténuse est égal à la somme des carrés des longueurs des deux autres côtés.

Application :
ABC est un triangle rectangle en A,
donc $BC^2 = AB^2 + AC^2$.

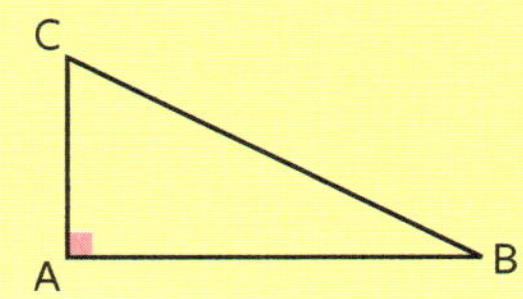

1 **Vrai ou faux ? Coche la bonne réponse.**

	Vrai	Faux
a) Le carré de 3 est 9.	☐	☐
b) La somme $8^2 + 10^2$ est égale à 164.	☐	☐
c) La différence $4^2 - 3^2$ est égale à 1.	☐	☐
d) Le théorème de Pythagore s'applique dans un triangle quelconque.	☐	☐
e) Le théorème de Pythagore permet de calculer des longueurs.	☐	☐

2 Un arbre est tombé sur le mur de protection de la ligne du TGV. Avant de le découper, le bûcheron désire connaître la longueur h du tronc.

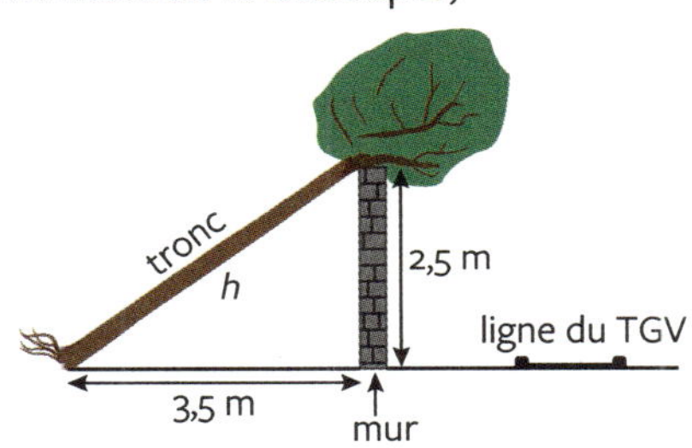

a) Calcule le carré de 3,5 : ....

b) Calcule le carré de 2,5 : ....

c) Calcule le carré de la longueur h **du tronc** en utilisant le théorème de Pythagore. ....

d) En utilisant la touche [√] de ta calculatrice, **trouve une valeur approchée au centième** de la longueur h du tronc. ....

3 Le TGV va relier directement les villes A et B et ne passera plus par la ville de C. Le constructeur de la ligne de TVG veut connaître la différence kilométrique entre l'ancienne ligne et la nouvelle.

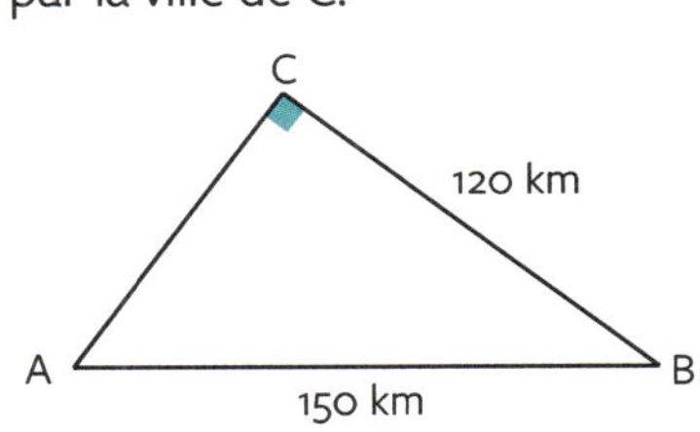

a) Calcule le carré de 150 : ....

b) Calcule le carré de 120 : ....

c) Calcule le carré de la distance entre les villes A et C.

....

d) En utilisant la touche [√] de ta calculatrice, **trouve la distance entre les villes A et C.**

....

e) Calcule alors la différence kilométrique entre l'ancienne ligne et la nouvelle.

....

CORRIGÉS **p. 88**

Anglais

Décrire un itinéraire

Riding around the lake

After Tom and Andrew's first night under the tent...

ANDREW – I know that there's a place where we can have a panoramic view of the lake.

TOM – Where is it exactly?

ANDREW – Well, let's see on the map... It's here, it's called "*Monster View*". We must ride along that little road over there, turn left at the roundabout, ride past an old chapel, over a wooden bridge and up a steep hill for about two miles.

TOM – That's a wonderful idea! I think we'll see Nessie from there.

ANDREW – I think so too. Let's go!

- *map*: carte
- *to ride*: faire du vélo
- *roundabout*: rond-point
- *wooden*: en bois
- *steep*: abrupt
- *hill*: colline

1 **Draw on this map the itinerary that corresponds to the indications given by Andrew.**

Mini-Cours

Les prépositions ou adverbes de lieu suivants, associés à un verbe de mouvement, signifient :
- *across*: traverser (une rue)
- *through*: traverser (une forêt)
- *along*: longer (une rue)
- *straight on*: aller tout droit
- *past, over, under*: passer devant, sur, sous
- *right, left, around*: à droite, à gauche, autour de
- *up*: monter
- *down*: descendre

2 Voici l'itinéraire que Tom, Andrew et ses parents ont suivi depuis la gare d'Inverness jusqu'à leur maison.

Complète le texte en utilisant des prépositions ou des adverbes de lieu.

The car was opposite the station, so they went .... the street, they drove .... King street for about 500 yards, turned .... at the traffic-lights (they did not turn right because the road was closed), drove .... a church, a cinema and a school, left the city because Andrew's parents live in the countryside, drove .... a little forest and got home.

3 Voici le chemin qu'il faut suivre pour se rendre de la gare routière d'Inverness au parc.

Donne 7 indications pour atteindre ce parc en utilisant les mots *crossroads* (╋), *T-junction* (┳) et *traffic lights* (feux de signalisation).

① ....

② ....

③ ....

④ ....

⑤ ....

⑥ ....

⑦ ....

CORRIGÉS p. 88

Suggérer une activité

Rowing on the lake

The day after Tom and Andrew's ride around the lake...

TOM – It's a pity we didn't see anything yesterday.

ANDREW – It is indeed. What shall we do now?

TOM – We could return to "*Monster View*" and...

ANDREW – No, I have a better idea. How about renting a boat and rowing on the lake? I know the man who owns the boats, he lives over there.

TOM – OK, let's go but I'm a bit worried.

ANDREW – Worried?

TOM – Yes because there was a hole in the last boat which I rented and I had to swim back to the beach. It was terrible.

ANDREW – Don't worry, Tom. The man is reliable, so we won't have any problems.

- *indeed:* en effet
- *to rent:* louer
- *to row:* ramer
- *to own:* posséder
- *worried:* inquiet
- *hole:* trou
- *reliable:* de confiance

1 **Of these three activities, one has been suggested by Andrew. Which one?**

1. ☐

2. ☐

3. ☐

2 De retour au campement, le soir, les enfants proposent les activités suivantes :

observe the stars – read comics – play cards – write articles for the fan club

Utilise chacune d'elles pour compléter les phrases suivantes.

a) We could ....

b) Let's ....

c) Shall we ....?

d) How about ....?

3 **Complète les phrases suivantes avec tous les pronoms relatifs qui conviennent.**

a) Andrew is a boy .... lives in Inverness.

b) Inverness is the city .... is close to Loch Ness.

c) The fan club .... Tom and Andrew intend to create will be devoted to Nessie.

d) The boy .... Andrew has invited is his cousin.

e) The boats .... the two boys needed belong to a man .... lives by the lake.

Mini-Cours

Suggérer

Les façons les plus utilisées de suggérer quelque chose à quelqu'un sont :

Let's + BV ; *We could* + BV ;
Why not + BV ...? ; *Shall we* + BV ...? ;
How about? ; *What about* + BV-ing ...?

Ex. : *Why not rent a boat?*
How about renting a boat?

Les pronoms relatifs

Qui et *que* se traduisent par *who(m)*, *which*, *that* ou rien (Ø). Pour savoir lequel choisir, on se reporte à l'antécédent du pronom. S'il est :

- animé et sujet du verbe : *who* ou *that*.
Ex. : *The man who/that owns the boats* ;
- inanimé et sujet du verbe : *which* ou *that*.
Ex. : *The monster which/that lives in Loch Ness* ;
- animé et complément du verbe : *who(m)*, *that* ou Ø. Ex. : *The man who(m)/that/Ø they want to see* ;
- inanimé et complément du verbe : *which*, *that* ou Ø. Ex. : *The boat which/that/Ø I rented.*

CORRIGÉS p. 88

Histoire

La révolution industrielle : un enchaînement de progrès

Mini-Cours

- Au début du XIXe siècle, l'industrialisation touche le textile, la sidérurgie, la métallurgie et les transports. Cette première révolution industrielle repose sur le charbon qui permet de faire fonctionner la machine à vapeur.
- La 2e révolution industrielle démarre vers 1880 ; les sources d'énergie alors utilisées sont l'électricité (qui sert à produire la lumière puis à actionner les machines) et le pétrole (moteur à explosion).
- Ces évolutions modifient le cadre de travail et la vie quotidienne, notamment des ouvriers.

1 **Observe la gravure et complète le texte à l'aide des termes proposés.**

ph © Archives Charmet / Bridgeman-Giraudon

Une usine textile au début du XIXe siècle

courroies – machine – de masse – vapeur – rapide – mécanique – nombreuse – poulies – capitaux

a) Les usines, concentrées dans les villes, permettent une production ....

b) La .... à .... entraîne un système de .... et de .... qui actionnent les machines-outils. On parle d'énergie ....

c) La fabrication est .... et la main d'œuvre ...., mais les salaires sont faibles et les conditions de vie, difficiles.

d) L'industrialisation requiert d'importants .... pour l'achat des matières premières et le salaire des ouvriers.

2 **Observe le tableau ci-contre et complète avec le numéro des innovations concernées.** (Plusieurs choix possibles.)

Innovations :

a) concernant les transports : ....

b) concernant les communications : ....

c) utilisant le charbon comme source d'énergie et la vapeur comme force motrice : ....

d) montrant l'apparition de nouvelles sources d'énergie qui remplacent peu à peu le charbon : ....

date	innovation	n°
1807	Navire à vapeur	1
1814	Locomotive	2
1876	Bicyclette	3
1876	Téléphone	4
1881	Transport de l'électricité à longue distance	5
1886	Moteur à explosion (utilise du pétrole)	6
1886-1889	Premières automobiles	7

3 **Quelle est, selon toi, l'innovation la plus importante pour l'Homme au XIXe siècle ? Pourquoi ?**

....

....

....

CORRIGÉS p. 88

L'action de l'Homme sur le peuplement des espèces

Mini-Cours

- L'Homme exploite son environnement pour se nourrir et améliorer ses conditions de vie, mais l'eau et les sols sont des ressources vitales limitées.
- Face aux effets néfastes des activités humaines sur les écosystèmes (surexploitation, pollution, etc.), il faut adopter de nouvelles pratiques. Seule une gestion durable des ressources peut les préserver et éviter de compromettre la capacité des générations futures à répondre à leurs besoins.

1

Favorable ou nuisible à l'environnement ?
Coche la bonne réponse pour chaque action.

	Favorable	Nuisible
a) La réglementation internationale de la pêche impose des quotas : espèce par espèce, la quantité de poissons pouvant être pêchée est limitée.	☐	☐
b) Certains pays ne déclarent qu'une petite partie de la quantité de poissons qu'ils pêchent.	☐	☐
c) En France, la loi d'exploitation des forêts prévoit que pour tout arbre abattu, un autre soit replanté.	☐	☐
d) Pour mettre en place de vastes cultures, les forêts sont détruites dans de nombreuses régions du monde.	☐	☐

2

Sur un sol dépourvu de couverture végétale, l'eau de pluie ruisselle, emportant le sol et les substances nutritives nécessaires aux végétaux. **Parmi les propositions suivantes, coche celles qui limitent efficacement et durablement le ruissellement.**

☐ Planter des arbres tels que les saules, gros consommateurs d'eau.

☐ Faire paître des moutons qui boiront l'eau au fur et à mesure.

☐ Déposer de la paille au pied des cultures : à la manière d'une éponge, celle-ci retiendra l'eau et la redistribuera à mesure des besoins.

☐ Construire des murs autour des champs pour retenir l'eau.

☐ Planter des haies dont les racines absorbent l'eau et fixent le sol.

☐ Installer des pompes après chaque forte pluie.

3

Une usine est située près d'une rivière, dans laquelle elle rejette ses eaux usées. Les services de protection de l'environnement veulent se rendre compte de l'effet de ces rejets sur la qualité de l'eau de la rivière.

Que peuvent-ils faire ? Coche les bonnes réponses.

☐ Observer si l'eau est claire.

☐ Compter le nombre de poissons en amont et en aval de l'usine.

☐ Mesurer la rapidité du courant en amont et en aval de l'usine.

☐ Analyser l'eau en amont et en aval de l'usine.

☐ Boucher les canalisations de rejet d'eaux usées.

CORRIGÉS p. 88

Check ! 6 questions pour vérifier que tu as retenu l'essentiel.

1 **Les paroles sont-elles rapportées directement ou indirectement ?**

	directement	indirectement
a) Marc dit à Éric : « Nous irons en vacances en TGV. »	☐	☐
b) Nous racontions que sa sœur arriverait par le train du soir.	☐	☐
c) Je disais qu'il allait plus vite en TGV qu'en avion.	☐	☐

2 **Choisis le mot qui convient pour que le niveau de langue soit courant.**

a) Le TGV ☐ roule très vite. ☐ va à fond la caisse.

b) Voyager en TGV, ☐ c'est cool. ☐ c'est agréable. ☐ c'est plaisant.

3 **Coche la bonne réponse.**

a) ABC est un triangle rectangle en A tel que AB = 8 cm et AC = 10 cm. Une valeur approchée au dixième de la longueur BC est : ☐ 12,8 cm ☐ 164 cm ☐ 6 cm

b) La somme $13^2 + 11^2$ est égale à : ☐ 24^2 ☐ 290 ☐ 48

c) EFG est un triangle rectangle en E tel que EF = 30 cm et FG = 50 cm. La longueur EG est égale à : ☐ 80 cm ☐ 40 cm ☐ 58 cm

4 **Relie le début de chaque phrase à la fin qui lui correspond.**

Shall we •	• go back to Monster View!
How about •	• go back to Monster View?
Let's •	• going back to Monster View?

5 **La révolution industrielle du début du XIXe siècle repose sur le charbon et la machine à vapeur.**

☐ Vrai ☐ Faux

6 **Vrai ou faux ? Coche les bonnes réponses.**

	Vrai	Faux
a) L'exploitation des forêts dégrade l'environnement.	☐	☐
b) La chasse peut aider à maintenir un équilibre naturel.	☐	☐
c) Les quotas de pêche évitent la surexploitation des mers.	☐	☐
d) La survie de l'Homme déséquilibre forcément la nature.	☐	☐

CORRIGÉS **p. 88**

WebQuest

Les ingrédients de la lévitation

Pour observer le phénomène de lévitation, il faut trois ingrédients : une piste magnétique, un objet supraconducteur... et un 3e ingrédient qui va servir à refroidir ce supraconducteur à – 200 °C. Quel est cet ingrédient ? Découvre-le en regardant cette vidéo sur le site d'Universcience :
http://www.universcience.tv/video-baptiste-vignolle-et-la-supraconductivite-4493.html

Réponse : l'azote liquide.

ÉPISODE 4

Zapping

Où se situe le toit du monde ?

La chaîne de l'Himalaya s'étire sur plus de 2 500 kilomètres. Située en Asie, elle sépare le haut plateau du Tibet de la plaine du Gange. C'est cette chaîne de montagnes, qui s'élève à plus de 8 000 mètres, que l'on appelle le « toit du monde ». Le mont Everest est le point culminant de l'Himalaya. Il mesure 8 850 mètres de haut ! Le versant sud de l'Himalaya, bordé par l'Inde, le Népal et le Bhoutan, est exposé aux pluies de mousson. Le versant nord, bordé par la Chine (Tibet), est, à l'inverse, privé de pluie et quasi désertique. À l'extrême ouest de l'Himalaya se trouve le Pakistan. Malgré des conditions de vie parfois difficiles, plus de 40 millions de personnes vivent à proximité du « toit du monde ». Cette population, formée d'une multitude de peuples et de groupes ethniques (Tamang, Gurung, Newar, Ladakhi, Sherpa...) s'est adaptée à son milieu.

© kaz00 /Istock

© Sandeep Subba /Istock

Reconnaître un complément circonstanciel

Mini-Cours

- Un complément circonstanciel (CC) – ou complément de phrase – apporte une information sur une circonstance de l'action exprimée par le verbe. Il complète le sens de la phrase mais on peut le supprimer.
- Il peut renseigner sur le lieu, le temps, la manière, le moyen, la cause, le but…
- Il prend souvent la forme d'un groupe nominal (GN) prépositionnel ou d'une subordonnée.

1 Quel est le sens du complément circonstanciel (CC) en couleur ? Coche la bonne réponse.

a) On peut marcher longtemps avec de bonnes chaussures. ☐ CC de manière ☐ CC de moyen

b) La cordée grimpe avec facilité. ☐ CC de manière ☐ CC de moyen

c) Pour franchir les crevasses, les alpinistes fabriquent des ponts. ☐ CC de temps ☐ CC de but

d) On manque d'oxygène à 8 800 mètres d'altitude. ☐ CC de temps ☐ CC de lieu

2 Complète le texte avec les compléments circonstanciels suivants.

pour s'acclimater – dans le camp – Lors d'une cérémonie – à 5 340 m

L'ascension du mont Everest commence au camp de base, ……………………, où l'ensemble du matériel a été acheminé à dos de yacks et de porteurs. Les grimpeurs y passent quelque temps …………………… . …………………… à laquelle assistent toutes les équipes alors présentes ……………………, un moine bouddhiste tibétain invoque les dieux de la montagne pour attirer leurs bienfaits sur les équipes qui tenteront le sommet.

3 Lis l'extrait ci-dessous puis souligne tous les compléments circonstanciels.

Au détour du sentier qui monte en lacets, on aperçoit la pyramide sommitale de l'Everest derrière la muraille de rochers de Lhotse. Nous sommes déjà essoufflés par la montée, mais la vue de ce géant nous coupe littéralement la respiration. Nous nous arrêtons quelques minutes devant ce spectacle grandiose.

■ Yves Laforest, *L'Everest m'a conquis*, Éditions internationales Alain Stanké (Montréal), 1994.

4 Classe dans le tableau les compléments circonstanciels que tu as soulignés dans l'exercice 3.

CC de lieu	CC de temps	CC de manière
……………………	……………………	……………………
……………………	……………………	……………………
……………………	……………………	……………………

CORRIGÉS p. 88

Conjuguer et employer un verbe au subjonctif

Mini-Cours

- Le subjonctif peut être utilisé dans une proposition indépendante pour exprimer un souhait, un ordre. Ex. : *Qu'il entre !*
- On le trouve cependant souvent dans une subordonnée :
  - complément d'un verbe exprimant une nécessité, une volonté (ex. : *Je veux qu'il fasse un effort.*) ou un sentiment (ex. : *Je crains qu'il échoue.*) ;
  - introduite par les conjonctions de subordination telles que : *pour que, afin que, avant que, en attendant que, bien que...*

1 **Complète le tableau en conjuguant les verbes au subjonctif présent.**

Infinitif	Subjonctif présent	Infinitif	Subjonctif présent
vérifier	que tu	mettre	qu'elle ....
ranger	que vous	faire	que nous ....
finir	que nous	prendre	qu'il ....
partir	qu'il	aller	que j' ....

Indice

Les terminaisons du subjonctif présent sont : -e, -es, -e, -ions, -iez, -ent.

2 **Complète les phrases en conjuguant les verbes au subjonctif présent.**

a) Que le meilleur (gagner) .... !

b) Il faut que tu (évaluer) .... le temps nécessaire.

c) Je ne veux pas qu'il (se méprendre) .... sur mes intentions.

d) Je me réjouis que vous (pouvoir) .... venir tous ensemble.

e) Bien que nous (être) .... fatigués, nous t'écoutons.

3 **Indicatif présent ou subjonctif présent ? Coche la bonne réponse.**

a) Personne ne le ☐ croit ☐ croie.

b) Je crains que personne ne le ☐ croit ☐ croie.

c) L'architecte ☐ revoit ☐ revoie ses plans.

d) Le client demande que l'architecte ☐ revoit ☐ revoie ses plans.

4 **Transpose cette recette au subjonctif présent.**

« Crème minute »

Mettre le lait à bouillir avec le sucre.

Puis mélanger les œufs, la farine avec un peu de lait.

Pour finir, verser le mélange dans la casserole et laisser bouillir environ 2 minutes à feu doux.

→ Il faut que vous .... ;

puis que vous ....

Pour finir, il suffit que vous ....

....

CORRIGÉS **p. 89**

Écrire un programme

Mini-Cours

Un algorithme est une suite d'instructions ordonnées et logiques permettant de résoudre un problème. D'une façon générale, on peut considérer trois étapes dans un algorithme :
1. l'entrée des données ;
2. le traitement des données : on détermine toutes les instructions à écrire pour résoudre le problème ;
3. la sortie des résultats.

Voici un algorithme associé au calcul du périmètre et de l'aire d'un disque, écrit en langage naturel.

Entrée	Saisir R
Traitement des données	Affecter à P la valeur $2 \times 3{,}14 \times R$
	Affecter à A la valeur $3{,}14 \times R^2$
Sortie	Afficher P, A

Une variable est une valeur qui peut être modifiée au cours du programme. Elle doit avoir un nom, ainsi qu'un type (entier, mot, etc.). L'affectation consiste à attribuer une valeur à une variable.

1 Voici une suite de consignes de calcul :
- choisir un nombre ;
- le multiplier par 2 ;
- ajouter 3 au produit obtenu ;
- multiplier le nombre obtenu par 4 ;
- écrire le résultat.

a) Quel nombre obtient-on si on choisit 4 au départ ?

....

....

b) Quel nombre est choisi au départ si on obtient 4 à la fin ?

....

....

2 **Complète l'algorithme en langage naturel qui correspond à la suite de consignes de calcul de l'exercice 1.**

Entrée	Saisir A
Traitement des données	Affecter à B la valeur .... × A
	Affecter à C la valeur B + ...
	Affecter à D la valeur .... × 4
Sortie	Afficher D

3 Voici un programme écrit à l'aide du logiciel Scratch. Observe que la suite de calculs correspond à l'expression $(x + 2) \times 3 - 6$.

```
dire Salut! pendant 2 secondes
dire Nous allons faire un exercice pendant 2 secondes
dire Choisir un nombre pendant 4 secondes
dire Ajouter 2 à ce nombre pendant 4 secondes
dire Multiplier le résultat par 3 pendant 4 secondes
dire Soustraire 6 pendant 4 secondes
demander Quel nombre obtiens tu ? et attendre
mettre résultat à réponse
mettre nombre à résultat / 3
dire Tu as choisi le nombre ... pendant 2 secondes
dire nombre
```

a) Quelle valeur prend la variable « résultat » ?

....

b) Quelle réponse donne le programme à l'aide de la variable « nombre » ?

....

CORRIGÉS p. 89

Appliquer la réciproque du théorème de Pythagore

Maths

Mini-Cours

◎ Si le carré du plus grand côté d'un triangle est égal à la somme des carrés des longueurs des deux autres côtés, alors le triangle est rectangle. Le plus grand côté est l'hypoténuse du triangle.
Cette propriété est la réciproque du théorème de Pythagore.

◎ **Application :** MNP est un triangle tel que MN = 3 cm, NP = 1,6 cm et MP = 3,4 cm.
Le plus grand côté est MP et $MP^2 = 3{,}4^2 = 11{,}56$.
La somme des carrés des deux autres cotés est : $MN^2 + NP^2 = 3^2 + 1{,}6^2 = 9 + 2{,}56 = 11{,}56$.
Le carré du plus grand côté du triangle MNP est égal à la somme des carrés des longueurs des deux autres côtés, donc le triangle MNP est rectangle en N.

1 **Vrai ou faux ? Coche la bonne réponse.**

	Vrai	Faux
a) Le carré de 16,81 est 4,1.	☐	☐
b) $2^2 + 2{,}1^2$ est égal à $2{,}9^2$.	☐	☐
c) Si $AB^2 = BC^2 + AC^2$, alors le triangle ABC est rectangle en C.	☐	☐
d) La réciproque du théorème de Pythagore permet de démontrer qu'un triangle est rectangle.	☐	☐
e) Le triangle DEF ci-contre est un triangle rectangle.	☐	☐

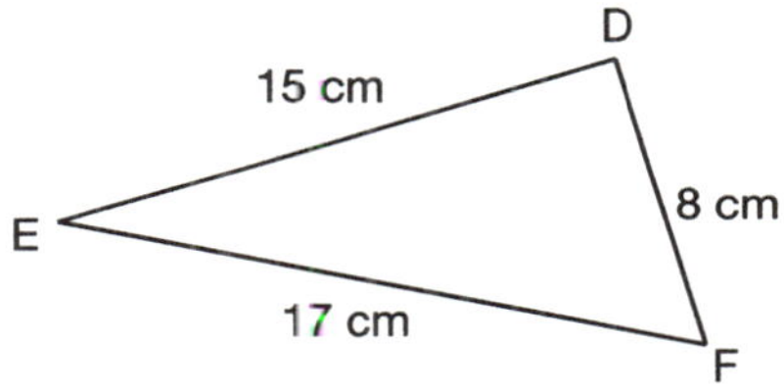

2 ABC est un triangle tel que AB = 12 cm, BC = 16 cm et CA = 20 cm.
Complète la démonstration suivante pour montrer que le triangle ABC est rectangle en B.

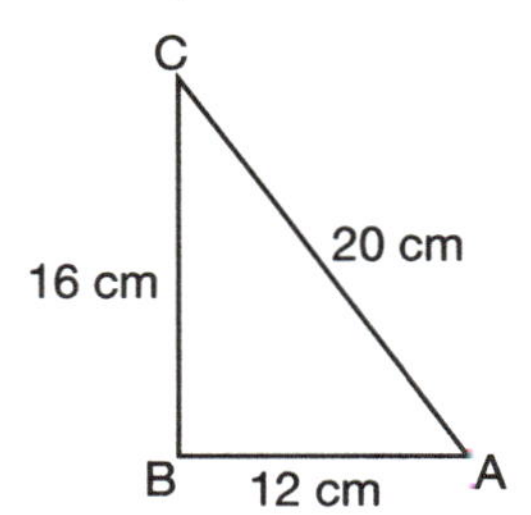

- Le côté le plus long est [..............] et CA^2 = ...
- La somme des .... des deux autres .... est
AB^2 + ... = ... + 16^2 = ...
- On constate que CA^2 = ... + BC^2.
- La réciproque du .... de .... permet d'affirmer que le triangle ABC est .... en ....

3 Les Sherpas ont installé les tentes du camp de base. On cherche à savoir si les piquets ont été plantés verticalement.

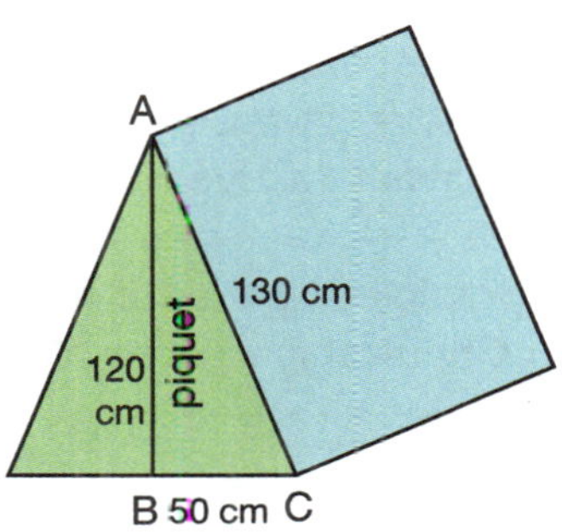

a) Calcule AC^2 : ....

b) Calcule $AB^2 + BC^2$: ....

c) Complète avec = ou ≠ : AC^2 .... $AB^2 + BC^2$

d) En utilisant la réciproque du théorème de Pythagore, **explique pourquoi le piquet est correctement planté.**

....

Indice
Le calcul des carrés est prioritaire sur l'addition.

CORRIGÉS p. 89

Anglais

Exprimer ses émotions

Disappointed but hopeful

Back at their tent, Tom and Andrew express their feelings about their afternoon on the lake.

ANDREW – How disappointed I am!

TOM – I'm very disappointed too. It's a pity we had to stop our research.

ANDREW – Yes, but it was getting so dark that in the end we couldn't see anything anymore. It was better to come back.

TOM – If only we could see Nessie tomorrow!

ANDREW – What a wonderful day it would be!

TOM – We rowed for six hours this afternoon. In vain!

ANDREW – At least we found out that our boat didn't sink. Ha! Ha!

- *disappointed:* déçu
- *it's a pity:* c'est dommage
- *wonderful:* merveilleux
- *to find out:* s'apercevoir
- *to sink:* couler

Mini-Cours

◉ **La phrase exclamative** peut se former ainsi :
- *What* + a(n) (+ adj.) + nom singulier ;
Ex. : *What an amazing animal Nessie is! What a book!*
- *What* (+ adj) + nom pluriel ; Ex. : *What interesting articles they will write! What holidays!*
- *How* + adj. Ex. : *How long the lake is! How wonderful!*

◉ **Au passé,** pour exprimer :
- la possibilité, on utilise *could* + BV ;
- l'impossibilité, on utilise *could not* + BV ;
- l'obligation, on utilise *had to* + BV ;
- l'absence d'obligation, on utilise *did not have to* + BV ;
- l'autorisation, on utilise *was/were allowed to* + BV ;
- l'interdiction, on utilise *was not/were not allowed to* + BV.

1 **Choose the two adjectives that best qualify Tom and Andrew in this passage and justify your choice with a quote.**

☐ nervous ☐ sad ☐ happy
☐ optimistic ☐ bored

– ....

– ....

....

2 **Complète à l'aide de *could, couldn't, had to* et *didn't have to.***

a) Tom and Andrew .... be very careful in the boat.

b) They .... see anything because of the dark.

c) The man who rents the boats .... tell them a lot of stories about Nessie.

d) The two boys .... worry about the weather. It was a beautiful day.

3 Andrew a reçu de ses parents cette petite note lui indiquant ce qui lui était possible, interdit (*forbidden*), obligatoire (*compulsory*) ou non de faire. **À partir de cette liste, décris les vacances d'Andrew avant l'arrivée de son cousin.**

invite some friends (possible) – go to the lake on your own (forbidden) – do the washing-up (compulsory) – get up at 7 (not compulsory)

a) Andrew ....

b) ....

c) ....

d) ....

CORRIGÉS p. 89

S'exclamer

Anglais

Scuba diving in the lake

After riding around and rowing on the lake, Tom and Andrew are ready for new adventures.

TOM – We didn't have much luck yesterday. Nessie is very careful.

ANDREW – Well, I think we'll have to explore the bottom of the lake if we want to see her.

TOM – Explore the bottom of the lake? But Loch Ness is so long and so deep that I won't be able to swim under the water for more than two minutes! It's such a big lake!

ANDREW – If we can get oxygen tanks, a mask and flippers, we'll be able to stay underwater for thirty minutes at least and we won't have to return to the surface as often as you think.

TOM – OK, let's try scuba diving then. If Nessie lives in this lake we can't miss her, can we?

ANDREW – I hope not. This is our last chance.

- *scuba diving:* plongée sous-marine
- *careful:* prudent
- *bottom:* fond
- *deep:* profond
- *oxygen tank:* bouteille d'oxygène
- *flippers:* palmes
- *to miss:* manquer

1 **Find the antonyms of the following words.**

a) top: ....

b) short: ....

c) shallow: ....

d) less: ....

Indice

Ces antonymes se trouvent dans le texte.

Mini-Cours

La phrase exclamative

On utilise *so* devant un adjectif, *such a(n)* devant un nom singulier précédé ou non d'un adjectif, et *such* devant un nom pluriel précédé ou non d'un adjectif. Ex. : *Loch Ness is so deep! It's such a big lake! They are such exciting adventures!*

Au futur, pour exprimer :
- la possibilité, on utilise *will be able to* ;
- l'obligation, on utilise *will have to* ;
- l'absence d'obligation, on utilise *will not have to* ;
- l'autorisation, on utilise *will be allowed to*.

Ces formes sont suivies de la base verbale.

2 **Transforme les phrases suivantes en phrases exclamatives à l'aide de *so* et *such a*.**

a) Scotland is a wonderful country.

– ....! – ....!

b) Nessie is a captivating creature.

– ....! – ....!

3 **Reformule les phrases suivantes à l'aide d'un auxiliaire modal au futur.**

a) It won't be necessary for the children to return home at night.

The children ....

b) Thanks to their oxygen tanks, it will be possible for our two heroes to swim underwater.

Thanks to their oxygen tanks, our two heroes ....

CORRIGÉS p. 89

EMC

Inégalités et discriminations

Mini-Cours

- En France, depuis la Révolution française, la loi garantit l'égalité de tous les individus. Pourtant des inégalités demeurent même si l'État met en place des dispositifs pour tenter de les réduire (Sécurité sociale, bourses...).
- Les êtres humains sont tous différents. Ces différences amènent parfois certains à en rejeter d'autres pour diverses raisons : racisme, antisémitisme, xénophobie, homophobie, sexisme...
- Les discriminations sont punies par la loi et combattues par de nombreuses associations.

1 Sur cette affiche, le ministère de la Justice a illustré les 20 types de discrimination reconnus par la loi.

© Ministère de la Justice

a) Retrouve sur l'affiche à quel type de discrimination correspondent les phrases suivantes.

« Je gagne moins que mon collègue masculin qui exerce un travail comparable. » → ....

« On ne m'a pas recrutée parce que je suis mère de trois enfants. » → ....

« On a refusé mon chèque en raison de mon nom à consonance étrangère. » → ....

« On a refusé de nous louer cette appartement parce que nous sommes un couple d'hommes. »

→ ....

« Je ne peux pas accéder à ce restaurant avec mon fauteuil car il ne dispose pas de rampe d'accès. »

→ ....

b) Imagine une situation montrant un autre type de discrimination.

....

....

Petite info

En France, si on estime être victime d'une discrimination, on peut contacter le Défenseur des droits. De nombreuses associations combattent aussi les différentes formes de discrimination : SOS Racisme, la LICRA, SOS Homophobie...

2 Au cours de l'histoire, des hommes et des femmes se sont engagés en faveur de l'égalité.
Relie chaque personnage à l'inégalité qu'il a combattue.

Geneviève de Gaulle-Anthonioz •	
Abbé Pierre •	• Inégalité hommes/femmes
Nelson Mandela •	• Inégalités blancs/noirs
Martin Luther King •	• Inégalités riches/pauvres
Olympe de Gouges •	

CORRIGÉS p. 89

Techno

La pratique du sport en situation de handicap

Mini-Cours

- Le handicap physique n'est plus un frein à l'activité sportive. Au contraire, on note une augmentation des adhésions aux activités handisports.
- Une des raisons de cette augmentation est l'amélioration des prothèses de membre. En effet, des matériaux récents, comme la fibre de carbone ou le Kevlar, et un travail conséquent de design permettent de créer des prothèses si efficaces qu'il devient difficile de distinguer les performances d'athlètes handisports des autres.

1 **D'après le tableau, quel matériau** est le plus adapté pour la fabrication d'une prothèse de jambe :

a) en termes de poids et d'élasticité ? ....

b) En termes de coût ? ....

	Acier	Fibre de carbone	Fibre kevlar	Fibre de verre	Titane
Densité	7,85	1,7	1,45	2,5	4,5
Résistance à la traction (en mégapascals, MPa)	235	3200	3620	3200	1200
Élasticité (en gigapascals, GPa)	210	640	34,5	69	114
Coût par rapport à l'acier	1	6,39	1,33	0,15	35,9

2 **Comment s'appelle le travail** qui consiste à rechercher de quelle façon un objet technique peut remplir sa fonction tout en étant respectueux de l'environnement et agréable à l'œil ?

☐ Le prototypage ☐ Le design ☐ L'élaboration du cahier des charges

3 **Détermine à quel usage correspond chaque prothèses.**

nage – escalade – athlétisme

© Proteor

© C3technologies

© Kai-Lin

a) .... **b)** .... **c)** ....

4 Les prothèses myoélectriques sont des prothèses bardées d'électronique, capables d'effectuer les mouvements du membre manquant. Elles sont équipées de capteurs et de microcontrôleurs qui analysent les consignes données par le patient et qui envoient des ordres à des servomoteurs pour effectuer l'action.

Comment les ordres de mouvement du patient sont-ils récupérés ?

☐ Grâce à des électrodes qui récoltent les influx nerveux.

☐ Grâce à un système de commande vocale.

☐ Grâce à une intelligence artificielle qui anticipe le mouvement.

CORRIGÉS p. 89

Check! 6 questions pour vérifier que tu as retenu l'essentiel.

1 Quelle information donne le complément circonstanciel souligné ?

	lieu	temps	manière
a) Les grimpeurs manquent d'oxygène sur l'Everest.	☐	☐	☐
b) L'ascension se fait lentement dans le vent froid.	☐	☐	☐
c) Pendant quelques heures, on se repose.	☐	☐	☐

2 Coche la forme verbale qui convient.

a) Avant qu'il ne ☐ voit ☐ voie la mer, son frère veut l'emmener à la campagne.

b) Bien qu'il ne ☐ croie ☐ croit pas aux miracles, il espère encore.

c) Parce qu'il ☐ court ☐ coure très vite, il espère le rattraper avant son départ.

3 Coche la bonne réponse.

a) Un triangle dont les trois côtés mesurent 5,2 cm, 17,3 cm et 16,5 cm est :

☐ rectangle ☐ quelconque ☐ isocèle

b) BCD est un triangle tel que $BC^2 = BD^2 + CD^2$. Alors BCD est un triangle :

☐ rectangle en B ☐ rectangle en C ☐ rectangle en D

4 Range ces quatre affirmations dans le bon ordre. Numérote-les de 1 à 4.

☐ Thanks to oxygen tanks, a mask and flippers, they will be able to swim underwater for a long time.

☐ Tom is not sure it is a good idea.

☐ Tom finally agrees with his cousin.

☐ Andrew thinks they must explore the bottom of the lake.

5 Si tu es victime de discrimination, qui peux-tu contacter ?

☐ Le défenseur des droits ☐ Une association ☐ Ton député

6 Relie les termes comme il convient.

Une prothèse •	• peut être commandée par la pensée.
Une prothèse myoélectrique •	• apporte de l'élasticité aux prothèses d'athlétisme.
La fibre de carbone •	• remplace un membre amputé.
La fibre de verre •	• est plus lourde que la fibre de carbone.

CORRIGÉS p. 89

WebQuest

La tête dans les nuages

a) En utilisant un moteur de recherche sur Internet, trouve les deux pays à la frontière desquels se situe la chaîne de l'Himalaya.

b) Malavath Purnat et Jordan Romero sont les deux plus jeunes alpinistes à avoir atteint l'Everest. De quelles nationalités sont-il ? Lequel d'entre eux a réalisé ce record en premier ?

Réponse : 1) Le Népal et la Chine. 2) Malavath est indienne et Jordan est américain. C'est Jordan qui a réalisé ce record en premier (en 1996, contre 2014 pour Malavath).

ÉPISODE 5

© Sean Pavone/Istock

Zapping

Marilyn, Elvis et Mario : quel point commun ?

Los Angeles est la 2e ville des États-Unis après New York, avec près de 4 millions d'habitants. Les Américains l'appellent souvent par son diminutif, « LA ». C'est à Los Angeles que se trouve le quartier d'Hollywood, réputé pour ses studios de cinéma et ses maisons de célébrités. De nombreuses stars du cinéma, de la chanson ou de la télévision possèdent par ailleurs leur étoile sur Hollywood Boulevard. Parmi les quelques 2 500 étoiles décernées, on trouve celles de Marilyn Monroe, d'Elvis Presley, de Michael Jackson, de Mohamed Ali, de Daniel Radcliffe ou d'Usher. Et peut-être qu'un jour, on trouvera aussi celle de Mario Bros !

Eh oui ! Une pétition soutenue par Nintendo a circulé un temps pour que les héros de jeux vidéo puissent avoir leur étoile rose ! En attendant, Snoopy, lui, a obtenu la sienne en 2015.

© David Edwards/NEWSCOM/SIPA

Français

Comprendre le fonctionnement d'une argumentation

Phileas Fogg a parié qu'il réussirait à faire le tour du monde en 80 jours. Il part avec son domestique Passepartout. Les voici parvenus à San Francisco.

Passepartout fut assez surpris de ce qu'il voyait. Il en était encore à la cité légendaire de 1849, à la ville des bandits, des incendiaires et des assassins, accourus à la conquête des pépites [...]. Mais « ce beau temps » était passé. San Francisco présentait l'aspect d'une grande ville commerçante. La haute tour de l'hôtel de ville, où veillent les guetteurs, dominait tout cet ensemble de rues et d'avenues se coupant à angles droits, entre lesquels s'épanouissaient des squares verdoyants [...]. Plus de sombreros, [...] plus d'Indiens emplumés, mais des chapeaux de soie et des habits noirs, que portaient un grand nombre de gentlemen doués d'une activité dévorante. Certaines rues [...] étaient bordées de magasins splendides qui offraient à leur étalage les produits du monde entier.

■ Jules Verne, *Le Tour du monde en 80 jours*, 1872.

Mini-Cours

- Argumenter, c'est défendre une opinion avec la volonté de convaincre.
- Pour prouver le bien-fondé de cette opinion (ou thèse), on recourt à des arguments, que l'on illustre par des exemples. Les arguments sont classés par ordre croissant d'importance et enchaînés à l'aide de connecteurs logiques [→ page 16].

1 **Lis attentivement le texte ci-dessus et coche les bonnes réponses.**

a) Pourquoi Passepartout est-il surpris en découvrant San Francisco ?

☐ La ville de bandits est devenue commerçante.

☐ La ville commerçante est devenue une ville de bandits.

b) Quels exemples étayent cette idée ?

☐ La ville présente une organisation claire.

☐ Les habitants portent des costumes élégants.

☐ Les hôtels sont confortables.

☐ Les magasins proposent des articles venus du monde entier.

2 **Les deux idées ci-dessous s'opposent : relie à chacune les arguments qui lui correspondent.**

Les États-Unis exercent aujourd'hui une influence culturelle à travers le monde entier. •

L'influence culturelle américaine connaît un déclin. •

• Difficile aujourd'hui de passer une journée sans manger, écouter ou regarder une production américaine.

• Le mode de vie américain est largement diffusé par le cinéma (Hollywood) et les séries.

• L'anglais est parlé dans le monde entier.

• L'image des États-Unis s'est dégradée du fait de certaines de leurs décisions en politique étrangère.

• Les valeurs de la démocratie américaine, telles la liberté d'expression et la libre entreprise, sont communément partagées par les démocraties.

CORRIGÉS p. 90

Connaître les emplois du conditionnel

Français

1 **Complète le tableau en conjuguant les verbes au conditionnel présent.**

Infinitif	Conditionnel présent
vérifier	tu ....
finir	vous ....
faire	nous ....
aller	il ....

Petite info

Pour former le conditionnel présent, on ajoute les terminaisons de l'imparfait au radical du futur.

2 **Lis le texte ci-dessous.**
a) Souligne les deux verbes au conditionnel présent.

Phileas Fogg quitte l'hôtel pour se rendre aux bureaux du consul anglais.

Sur le trottoir, il trouva son domestique, qui lui demanda si, avant de prendre le chemin de fer du Pacifique, il ne serait pas prudent d'acheter quelques douzaines de carabines Enfield ou de revolvers Colt. Passepartout avait entendu parler de Sioux et de Pawnies, qui arrêtent les trains comme de simples voleurs espagnols. Mr. Fogg répondit que c'était là une précaution inutile, mais il le laissa libre d'agir comme il lui conviendrait.

■ Jules Verne, *Le Tour du monde en 80 jours*, 1872.

Mini-Cours

On utilise le conditionnel :
- pour exprimer une action liée à une condition (exprimée ou non).
Ex. : *Sans le décalage horaire, Phileas Fogg aurait perdu son pari !*
- pour atténuer un propos.
Ex. : *Je voudrais bien faire le voyage qu'il a fait.*
- pour exprimer le futur dans le passé.
Ex. : *Fogg ne savait pas qu'il tomberait amoureux au cours de son voyage.*

b) Justifie l'emploi du conditionnel pour le 1er verbe que tu as souligné. Complète le raisonnement.

Passepartout exprime une action liée à une .... non formulée explicitement.
On peut ainsi reformuler ses paroles : « Il serait prudent d'acheter des armes si nous voulons pouvoir .... »

3 **a) Transforme la dernière phrase du texte en mettant le verbe principal au présent.**

Il le laisse libre d'agir ....
....

b) Justifie l'emploi du conditionnel dans ce cas.

Le conditionnel exprime :
☐ une action liée à une condition.
☐ une atténuation.
☐ un futur dans le passé.

4 **Coche la forme verbale qui convient.**

Si je me promenais à San Francisco aujourd'hui, je ☐ pourrai ☐ pourrais visiter le Golden Gate et la Silicon Valley.

CORRIGÉS p. 90

Maths

Utiliser les pourcentages

Mini-Cours

- Un pourcentage est le numérateur d'un quotient de dénominateur 100.

Ex. : 2 % s'écrit $\frac{2}{100}$.

- Appliquer le pourcentage a % à un nombre, c'est le multiplier par $\frac{a}{100}$.

Ex. : 5 % de 25 € $= 25 \times \frac{5}{100}$

$= 25 \times 0{,}05$

$= 1{,}25$ €

- Pourcentages remarquables

• Prendre 50 % d'un nombre revient à le diviser par 2.
• Prendre 25 % d'un nombre revient à le diviser par 4.
• Prendre 75 % d'un nombre revient à le multiplier par $\frac{3}{4}$.

- Pour calculer un pourcentage, on divise l'effectif de la catégorie par l'effectif total et on multiplie par 100.

Ex. : Dans une classe de 25 élèves, il y a 12 garçons. Le pourcentage de garçons est égal à $\frac{12}{25} \times 100 = 48$. Ce pourcentage est de 48 %.

1 Le MoMA (Museum of Modern Art) à New York abrite plus de 150 000 œuvres représentant tous les arts visuels depuis les années 1880.

a) Le tarif d'entrée à toutes les sections, y compris la salle de projection, est de 25 $ soit 22,70 €.

Calcule, en euros, le prix d'entrée pour un couple. ....

b) Le musée propose un tarif réduit de 18 $, soit 16,34 €, pour les plus de 65 ans et de 14 $, soit 12,71 €, pour les étudiants.

Calcule, en euros, la réduction que cela représente pour une femme de 66 ans et son petit-fils étudiant. ....

c) Complète les pointillés pour trouver le pourcentage de réduction (arrondi à l'unité) dont bénéficient la grand-mère et son petit-fils par rapport au prix d'entrée pour les parents.

$\frac{\text{Réduction proposée}}{\text{Entrée des parents}} \times$ .... = ... × 100 = ...

2 **Vrai ou faux ?**

	Vrai	Faux
a) Dans une classe de 4e, il y a 15 filles et 10 garçons. Le pourcentage des garçons est de 40 %.	☐	☐
b) Un objet coûte 25 €. Si son prix baisse de 20 %, il coûte 5 €.	☐	☐
c) Un objet coûte 30 €. Si son prix augmente de 10 %, il coûte 33 €.	☐	☐

3 Les États-Unis s'étendent sur 9 162 370 km². Trois États ne sont pas rattachés directement au territoire principal : l'Alaska, Hawaï et l'État associé de Porto Rico, qui ont à eux trois une superficie de 1 506 940 km².

Complète le tableau pour trouver le pourcentage (arrondi au centième) du territoire des États-Unis qui est détaché.

Superficie des États-Unis	....	100
Superficie des 3 États	1 506 940	....

Indice

Calcule la quatrième proportionnelle.

CORRIGÉS p. 90

Calculer le cosinus d'un angle

Maths

1 Coche la bonne réponse.

a) Une valeur approchée du cosinus de 84° est égale à : ☐ 0,1 ☐ 0,5 ☐ 0,6.

b) Si $\cos \widehat{ABC} = 0{,}5$, alors la mesure de l'angle $\widehat{ABC}$ est égale à : ☐ 0,5° ☐ 30° ☐ 60°

c) Sur la figure ci-contre, le cosinus de l'angle $\widehat{ABC}$ est égal à :

☐ $\dfrac{AB}{BC}$ ☐ $\dfrac{BC}{AB}$ ☐ $\dfrac{AC}{BC}$

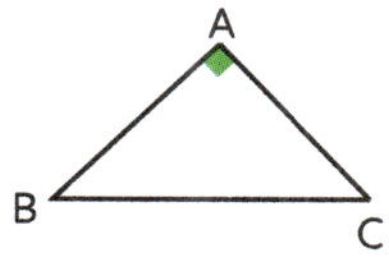

2 Martin se trouve au départ D d'un toboggan géant. Complète les pointillés pour calculer la longueur de l'échelle.

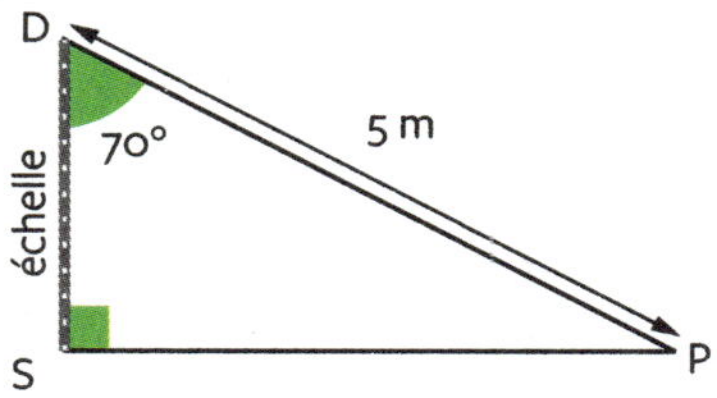

Dans le triangle DSP rectangle en ……, la longueur du côté adjacent à l'angle $\widehat{SPD}$ est celle de ……………….

On calcule DS.

On a : $\cos \widehat{SPD} = \dfrac{DS}{\ldots}$; $\cos 70° \times \ldots = DS$; $DS \approx \ldots$

L'échelle mesure environ ….. mètre(s).

3 Un satellite météorologique observe la Terre depuis l'espace comme le montre le dessin ci-contre. On cherche à quelle distance de la Terre se trouve le satellite.

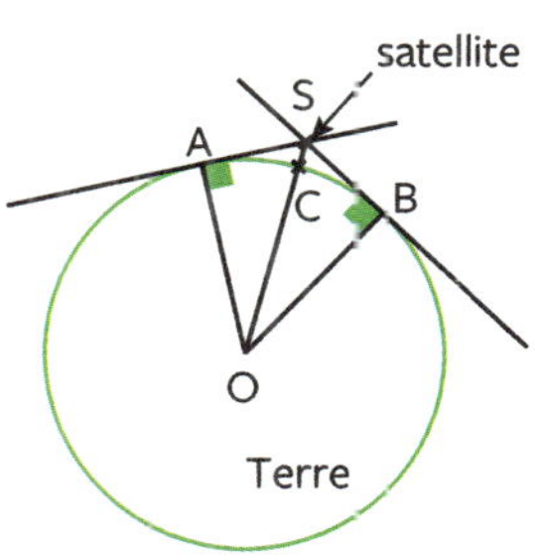

OA = 6 378 km

$\widehat{AOB} = 40°$

a) Calcule la mesure de l'angle $\widehat{AOS}$.

…………………………………………………………………………

…………………………………………………………………………

b) Complète.

$\cos \widehat{AOS} = \dfrac{\ldots}{OS}$ ou encore $OS = \dfrac{\ldots\ldots}{\cos \widehat{AOS}}$

c) Déduis-en la longueur OS (arrondie au km).

…………………………………………………………………………

…………………………………………………………………………

Calcule la distance SC par soustraction. …………………………………………

…………………………………………………………………………

Indice

La droite (OS) est la bissectrice de l'angle $\widehat{AOB}$.

Mini-Cours

Dans un triangle rectangle, le cosinus d'un angle aigu est égal au quotient de la longueur du côté adjacent à l'angle par la longueur de l'hypoténuse.

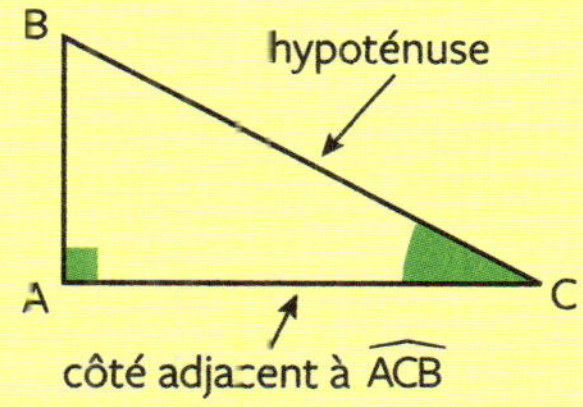

ABC est rectangle en A

$\cos \widehat{ACB} = \dfrac{AC}{BC}$

Pour calculer le cosinus d'un angle donné, on utilise la touche **cos** de la calculatrice.

Applications

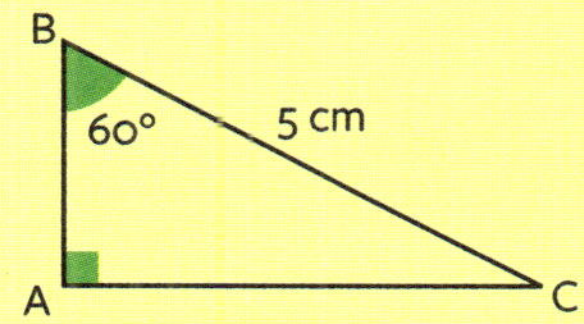

$AB = 5 \times \cos 60° = 2{,}5$ cm.

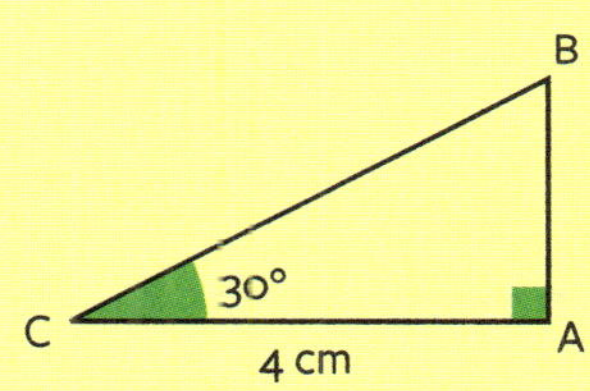

$BC = \dfrac{4}{\cos 30°} \approx 4{,}62$ cm.

Anglais

Demander confirmation

The water has moved

Tom and Andrew are back from their experience under the water.

ANDREW – Well Tom, I think we'll never be able to prove that Nessie exists, will we?

TOM – I hope you're wrong, Andrew.

ANDREW – But we tried to get clues for so many hours in the last three days that I don't know what to do.

TOM – I wanted to have plenty of things to tell my parents and my friends back home... They'll ask so many questions! And I won't have much to answer I'm afraid. We still have enough time to discover something about Nessie, don't we?

ANDREW – Yes but... Oh Tom! The water has moved. Look!

- *to move:* bouger
- *clue:* indice
- *back:* de retour

Mini-Cours

Les *question tags* sont très fréquents en anglais et se traduisent par « n'est-ce pas ? ».

- Placé en fin de phrase, le *tag* reprend l'auxiliaire et le sujet sous la forme d'un pronom personnel.
- Dans une phrase affirmative, le *tag* est négatif. Dans une phrase négative, il est affirmatif. Ex. : *Tom and Andrew are cousins, aren't they? We aren't late, are we?*

Les quantificateurs

- Devant un nom dénombrable, on emploie : *many* (beaucoup de) ; *too many* (trop de) ; *so many* (tant de) ; *few* (peu de) ; *a few* (quelques) ; *several* (plusieurs).
- Devant un nom indénombrable, on emploie : *much* (beaucoup de) ; *too much* (trop de) ; *so much* (tant de) ; *little* (peu de) ; *a little* (un peu de).
- On emploie indifféremment avec un nom dénombrable ou indénombrable : *enough* (assez de) ; *plenty of* (plein de) ; *a lot of* (beaucoup de).
- Attention : pour dire « beaucoup », on utilise *a lot of* à la forme affirmative et *many* / *much* aux formes négative et interrogative.

1 **What do the following expressions mean?**

a) plenty of things: ☐ a lot of things ☐ a few things

b) for so many hours: ☐ for a long time ☐ for a short period of time

c) I'm so disappointed: ☐ I'm so sad ☐ I'm so angry

2 **Complète les phrases en choisissant le bon *question tag* dans la liste suivante :**

has she? – does he? – didn't he? – won't they? – are they? – doesn't he?

Attention, il y a un intrus !

a) Tom and Andrew aren't brothers, ...?

b) Andrew lives in Scotland, ...?

c) Nessie hasn't got any wings, ...?

d) The children will be happy if they see Nessie, ...?

e) Tom travelled to Inverness by train, ...?

3 **À partir du dessin, dis si les affirmations sont vraies (*true*) ou fausses (*false*).**

	True	False
a) There are several boats on the lake.	☐	☐
b) There are plenty of birds above the lake.	☐	☐
c) There are few people in the water.	☐	☐
d) There is a little smoke in the distance.	☐	☐

CORRIGÉS p. 90

Faire le bilan de ses expériences

Taking photographs

Tom and Andrew have just seen something at the surface of the water.

ANDREW – Look Tom, it's so flat that it must be her head or her tail. It's sliding at the surface. I'll take a few photographs.

TOM – I've never seen anything so wonderful! Hooray!!

ANDREW – I've come here so often and today at last, Nessie comes out of the water. That's the reward we deserved for our patience.

TOM – How many photographs have you taken?

ANDREW – About ten. I'll take some more, just in case.

TOM – I've always believed in her existence.

ANDREW – So have I! I look forward to seeing the photographs.

- *flat*: plat
- *a tail*: une queue
- *to slide*: glisser
- *a reward*: une récompense
- *to deserve*: mériter
- *so have I!*: moi aussi !
- *I look forward to*: il me tarde de

1 **Which picture corresponds best to the description given by the children?**

1. ☐

2. ☐

3. ☐

Mini-Cours

Le present perfect simple se construit avec l'auxiliaire *have* (au présent) + participe passé du verbe. Ex. : *How many photographs have you taken?* Ce temps fait référence à une action passée qui n'est ni datée ni terminée, par opposition au prétérit simple ; l'action a encore un lien avec le présent. Ex. : *I've come here so often!*

Les adverbes

never: jamais ; *always*: toujours ; *often*: souvent ; *already*: déjà (à la forme affirmative) ; *ever*: déjà (à la forme interrogative) ; *just*: juste, à l'instant ; *not yet*: pas encore.

2 **Regarde bien la chambre d'Andrew et dis ce qu'il a fait dans sa vie.**

a) ....

b) ....

c) ....

d) ....

3 **À partir des informations ci-dessous, construis des phrases exprimant ce que nos deux héros ont déjà fait (✓), ce qu'ils viennent de faire (☑), ce qu'ils n'ont pas encore fait (✗).**

a) Have a look at the photos ✗ — **a)** ....

b) Take photos ☑ — **b)** ....

c) Row on the lake ✓ — **c)** ....

CORRIGÉS **p. 90**

Géographie

Le territoire des États-Unis face à la mondialisation

Mini-Cours

- Les États-Unis demeurent la grande puissance attractive du monde. Le territoire américain a toutefois dû s'adapter à la mondialisation.
- Les grandes métropoles à l'influence mondiale (New York, Los Angeles...), les façades maritimes du Nord-Est, de Floride et de Californie connaissent dynamisme et forte croissance.
- D'autres espaces comme le Nord-Est industriel, le vieux Sud ou les Appalaches ont subi crises et restructuration.

1 **Complète cette grille de mots croisés sur les lieux emblématique du territoire américain.**

Horizontalement :

1. Cet espace proche de San Francisco concentre des entreprises de hautes technologies.

2. Métropole de rayonnement mondial.

3. Ville où siège une FTN mondialement connue pour sa boisson gazeuse.

4. Chaîne de montagnes dans laquelle l'exploitation du charbon et la métallurgie sont en crise.

5. Cet État est un espace important de tourisme balnéaire.

Verticalement :

I. Cet État en marge s'intègre peu à peu grâce à ses ressources pétrolières.

II. Ville du Nord-Ouest spécialisée dans l'aéronautique.

III. Lieu de tournages de films projetés dans le monde entier.

IV. Cet État situé sur une façade maritime est un des moteurs de la mondialisation.

V. Cette ville, siège d'une grande firme automobile, a connu une crise grave.

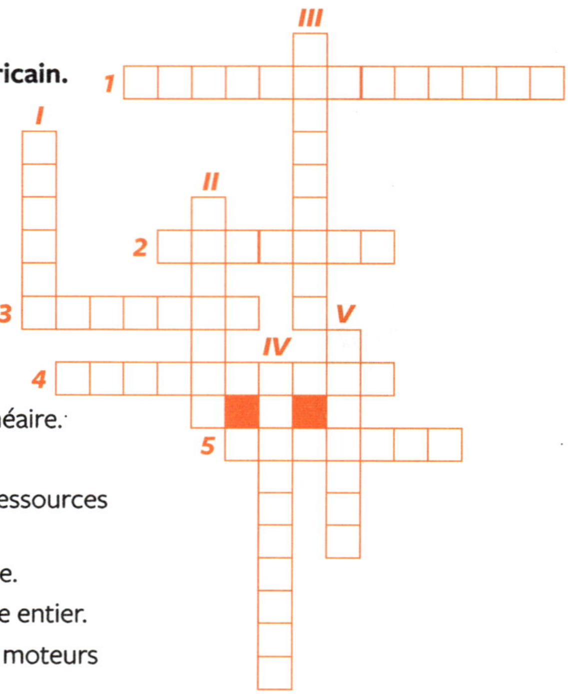

2 **Reporte sur le fond de carte les lieux figurant dans la grille de mots-croisés.**

CORRIGÉS p. 90

Internet, un outil pour communiquer

Techno

Mini-Cours

- Lorsqu'on relie des ordinateurs afin qu'ils partagent et échangent des informations, on crée un réseau d'ordinateurs, comme il en existe dans les collèges ou les entreprises. Lorsque ces réseaux sont reliés entre eux, d'une ville ou d'un pays à l'autre, on obtient un réseau mondial comme Internet.
- Pour communiquer entre eux, les ordinateurs doivent pouvoir s'identifier et utiliser les mêmes langages, appelés protocoles.
- L'adresse IP d'un ordinateur permet de l'identifier sur un réseau. Elle est décrite par une succession de 4 octets (ex. : 192.168.1.124). Un octet est une unité de mémoire composée de 8 bits qui peuvent prendre les valeurs 0 ou 1. C'est sous cette forme que les informations circulent dans un réseau informatique.

1 **Complète le texte ci-dessous avec les termes de la liste.**

contenus – serveurs – adresse IP – courrier électronique – consulter – stockage – site web

Lorsque tu te connectes à Internet pour .... un ...., les informations transitent par des .... Il existe des serveurs de .... (Dailymotion, Deezer, *Le Monde*...), des serveurs de .... (Gmail, Yahoo, Hotmail...), des serveurs de .... (Google Drive, Dropbox...), chacun accessible grâce à une................ .

2 **a) Convertis dans le tableau les nombres 5 et 12, en t'inspirant des exemples.**

Dans un octet, le premier bit vaut 1. Le second vaut le double, soit 2. Le troisième vaut le double du précédent, soit 4. Chaque bit a une valeur qui est comptabilisée s'il est à 1 et qui ne l'est pas si le bit est à 0. Dans l'exemple ci-dessous, l'octet vaut 2 si le deuxième bit est à 1 et les autres à 0. De la même façon, l'octet vaut 3 si le premier et le deuxième bit contiennent 1 et les autres 0 (2 + 1 = 3)

Octet \ Valeur des bits	128	64	32	16	8	4	2	1
1	0	0	0	0	0	0	0	1
2	0	0	0	0	0	0	1	0
3	0	0	0	0	0	0	1	1
4	0	0	0	0	0	1	0	0
5	......	......	......	......	......	......	......	......
12	......	......	......	......	......	......	......	......

b) Quelle valeur maximale peut contenir un octet, si tous les bits sont à 1 ?

☐ 128 ☐ 255 ☐ 256

3 **Relie les noms des protocoles à leur fonction.**

HTTP (Hyper Text Tranfer Protocol) •	• Protocole d'échange de courrier électronique.
FTP (File Transfer Protocol) •	• Protocole d'échange de pages web dans lesquelles il est possible de naviguer grâce à des liens hypertextes.
SMTP (Simple Mail Transfer Protocol) •	• Protocole d'échange de fichiers.

CORRIGÉS p. 90

Check! *6 questions pour vérifier que tu as retenu l'essentiel.*

1 **Coche la forme verbale qui convient.**

a) Il me demandait si je ☐ viendrai ☐ viendrais le voir à New York.

b) Si je le pouvais, je ☐ viendrais ☐ viendrai.

c) Si tu viens me voir, je ☐ serai ☐ serais ravi.

2 **Coche la ou les bonne(s) réponse(s).**

a) Calculer 25 % de 16 revient à :

☐ diviser 16 par 4. ☐ multiplier 16 par 0,25. ☐ diviser 16 par 0,25.

b) 14 m représente 20 % de :

☐ 140 m ☐ 70 m ☐ 280 m

3 **Observe la figure ci-contre. Coche la ou les bonne(s) réponse(s).**

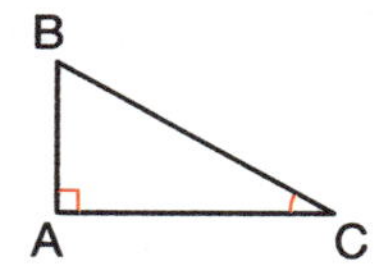

☐ $\cos \widehat{ABC} = \dfrac{BA}{BC}$ ☐ $\cos \widehat{BCA} = \dfrac{CB}{CA}$

☐ $BC \times \cos \widehat{ABC} = BA$ ☐ $AC = BC \times \cos \widehat{BCA}$

4 **Remets les phrases suivantes dans le bon ordre. Numérote-les de 1 à 4.**

☐ So have I! I look forward to seeing the photographs.

☐ Look Tom, it's so flat that it must be her head or her tail.

☐ I've always believed in her existence.

☐ I'll take a few photographs.

5 **Parmi ces espaces du territoire américain, lesquels sont dynamiques car bien intégrés à la mondialisation ?**

☐ La Californie ☐ New York ☐ Détroit ☐ Les Appalaches

6 **Vrai ou faux ? Coche les bonnes réponses.**

	Vrai	Faux
a) Les informations qui circulent sur Internet sont numériques.	☐	☐
b) Sur un réseau, un ordinateur est identifié par un protocole.	☐	☐
c) Un octet est composé de 8 bits.	☐	☐

À plusieurs !

CORRIGÉS **p. 91**

© Selimaksan/Istock

Stars muettes

Matériel : un chapeau ou une boîte, du papier et des crayons.

1. Chaque joueur écrit trois noms de célébrités américaines sur un bout de papier.
2. Tous les papiers sont mélangés dans le chapeau. Chaque joueur tire un papier au hasard.
3. À tour de rôle, chaque joueur fait deviner le nom de la célébrité marqué sur son bout de papier sans le citer. Il est également interdit d'employer les mots suivants : musique, musicien(ne), cinéma, internet, films, acteur/actrices et réalisateur.

ÉPISODE 6

© ale_ssandra/Istock

Zapping

La pénicilline : une découverte inattendue

La pénicilline, premier antibiotique utilisé chez l'homme, a été découverte grâce à un heureux hasard. En rentrant de vacances, le médecin et biologiste britannique Alexander Fleming s'aperçoit que ses cultures de bactéries sont envahies par un champignon. Et, fait étrange, ce champignon a empêché les bactéries de proliférer. Fleming émet alors l'hypothèse que le champignon *Penicillium notatum* sécrète une toxine qui est capable de tuer les bactéries. Il l'appelle aussitôt « pénicilline ». Nous sommes en septembre 1928. Il faut ensuite attendre les années 1940 pour que le pharmacologiste Howard Florey et le biochimiste Ernst Chain arrivent à faire de la pénicilline un médicament utile à l'homme. Cet antibiotique, premier d'une longue série, a permis de soigner de nombreuses maladies dues à des bactéries comme la syphilis.

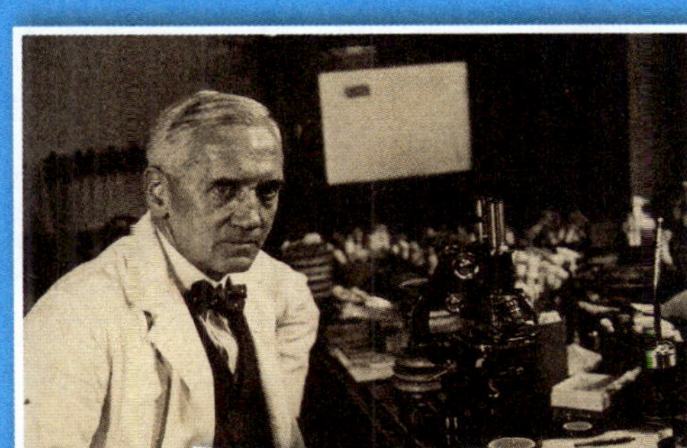

© PrismaArchivo/Leemage

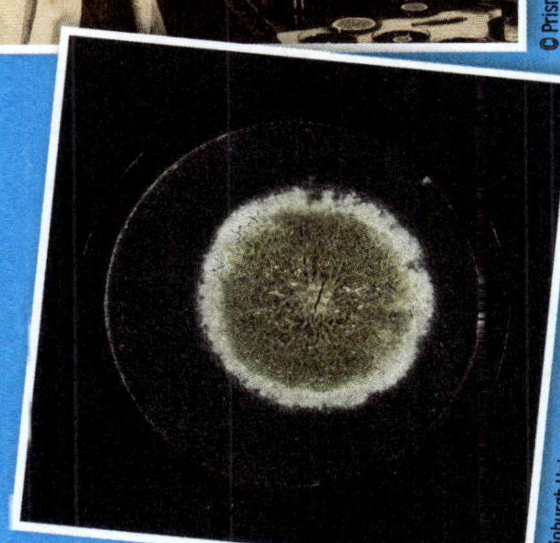

© Edinburgh University Library, Scotland/With kind permission of the University of Edinburgh/Bridgeman Images

Français

Utiliser des expansions du nom

Le texte évoque les propriétés du radium, un élément découvert par Pierre et Marie Curie en 1898.

Ce nouveau corps chimique [...] dégage spontanément de la chaleur, seul un épais écran de plomb arrête ses radiations. Il est capable de contaminer, c'est-à-dire d'infiltrer, les objets mis en contact avec lui [...]. Le hasard fournit à Pierre d'autres observations dont les conséquences seront d'une importance capitale pour la médecine. Il expose son bras au radium et une lésion se forme dont la guérison laissera la peau nette. Très vite, on s'interroge sur le pouvoir du radium de brûler les cellules malades, en particulier les cellules cancéreuses.

■ François Grard, *Marie Curie, une femme de science*, © Gulf Stream Éditeur, 2011.

Mini-Cours

- Une expansion du nom (ou du GN) complète un nom : il apporte des précisions sur ce qu'il désigne.
- On distingue quatre types d'expansions :
  - l'adjectif qualificatif épithète (ex. : *un nouvel élément*) ;
  - le nom ou GN relié au nom par une préposition (ex : *les propriétés du radium*) ;
  - le nom ou GN mis en apposition (ex. : *Élément découvert en 1898, le radium présente une forte radioactivité.*) ;
  - la proposition subordonnée relative (ex. : *Le radium est un élément dont la radioactivité est plus forte que celle de l'uranium.*).

1 **Dans le texte ci-dessus :**

a) surligne les noms qualifiés par les adjectifs soulignés ;

b) souligne les propositions subordonnées relatives qui complètent les noms encadrés.

Indice

Une subordonnée relative peut être introduite par les pronoms relatifs : qui, que, dont, où....

2 **Complète les noms avec les expansions de la liste.**

d'exploration – du front – grande – de radiologie – de rayons X – de photographie – voisine

[En 1914], les hôpitaux .... ou de l'arrière sont débordés, et Marie découvre [qu'ils] sont pratiquement dépourvus d'installations .... Ce nouveau mode .... des blessures permet de détecter les projectiles logés dans les chairs et de les extraire avec une .... précision.

[...] Elle installe en toute hâte une salle .... dans les lieux les plus invraisemblables, bouche les fenêtres avec des couvertures, radiographie en hâte les blessés pendant que dans une salle .... on improvise une salle .... pour développer les clichés.

■ François Grard, *op cit.*

3 **Utilise tous les mots de la liste pour obtenir des GN grammaticalement corrects.**

qui couronne – Nobel – de physique – de Pierre et Marie Curie – du prix – sur le radium – les travaux

→ En 1905 a lieu la remise ....

....

CORRIGÉS **p. 91**

Accorder un adjectif qualificatif

Français

Mini-Cours

- L'adjectif qualificatif s'accorde en genre et en nombre avec le nom ou le pronom auquel il se rapporte, quelle que soit sa fonction : épithète ou attribut.
- Lorsqu'un adjectif qualifie deux noms de genres différents, il se met au masculin pluriel.
- Attention, les adjectifs de couleur dérivés d'un nom (ex. : *orange*) ou composé (ex. : *bleu foncé*) sont invariables.

1 Complète les phrases avec l'adjectif *noir* correctement accordé.

a) La nuit est très ....

b) Il rumine des idées ....

c) Les plumes des corbeaux sont ....

d) Sam porte toujours une chemise et un pantalon ....

2 Coche la forme bien orthographiée.

a) Pour la médecine, la radioactivité a constitué un outil de diagnostics ☐ irremplaçable ☐ irremplaçables.

b) Les risques auxquels sont exposés les patients, lors d'examens de médecine ☐ nucléaire ☐ nucléaires, sont ☐ minime ☐ minimes par rapport au bénéfice apporté par le diagnostic.

c) Une très petite quantité d'atomes ☐ radioactif ☐ radioactifs suffit en effet pour obtenir un diagnostic précis.

Astuce

Dans un GN avec un nom complété par un autre, il faut se demander à quel nom se rapporte l'adjectif.

3 Accorde l'adjectif comme il convient.

a) Des doses d'irradiation beaucoup plus (fort) .... sont nécessaires pour soigner des tumeurs (cancéreux) ....

b) Cependant les progrès (récent) .... permettent une action de plus en plus (sélectif) ....

c) Avec de (nouveau) .... techniques, on peut régler l'énergie et l'orientation du rayonnement pour viser les cellules (malade) ....

Petite info

Certains adjectifs changent légèrement de forme en passant au féminin. Ex. : sélectif → sélective.

4 Barre l'intrus dans chaque série. C'est le seul adjectif variable ou invariable.

a) rouge, vert, orange, noir, blanc.

b) gris, bleu clair, bleu, blanc.

c) kaki, vert, grenat, orange, marron.

CORRIGÉS p. 91

Maths

Travailler sur des données statistiques

Mini-Cours

- La fréquence d'une catégorie est le quotient de l'effectif de cette catégorie par l'effectif total.

Ex. : Dans une classe de 25 élèves, 10 élèves font du sport après les cours.

La fréquence associée à cette catégorie est $\frac{10}{25} = 0{,}4$.

Remarque : une fréquence est souvent donnée en pourcentage. Dans l'exemple précédent, la fréquence en pourcentage est 40 %.

- Pour représenter des données statistiques, on emploie divers graphiques : les diagrammes circulaires et les diagrammes à bâtons sont les plus courants.

1 L'Union internationale pour la conservation de la nature (UICN) a établi la liste des espèces végétales et animales dont la survie est compromise.

groupe	nombre d'espèces
mammifères	228
oiseaux	146
reptiles	67
amphibiens	16
poissons	9
invertébrés	63
plantes	298

a) Calcule le nombre total d'espèces dont la survie est compromise. ....

....

b) Calcule la fréquence, au dixième près, correspondant au groupe des mammifères.

....

....

2 Le projet vosgien de réintroduction des lynx a débuté en 1983. De 1983 à 1993, 12 mâles et 9 femelles ont été relâchés. En 2006, les vétérinaires chargés de leur surveillance estimaient qu'il y avait 30 à 40 individus dans la région, sur environ 2 000 km².

	Vrai	Faux
a) Le nombre de lynx a presque doublé entre 1983 et 2006.	☐	☐
b) On trouve entre 1,5 à 2 lynx par km².	☐	☐
c) L'effectif de lynx relâchés entre 1983 et 1993 est 21.	☐	☐
d) La fréquence des femelles relâchées entre 1983 et 1993 est égale à $\frac{9}{12}$.	☐	☐

3 Voici un tableau donnant la proportion des différents groupes sanguins dans la population française.

Groupe	Rhésus	Fréquence en %
A	+	38
O	+	36
B	+	8
AB	+	3
A	–	7
O	–	6
B	–	1
AB	–	1

a) Quel est le pourcentage de personnes dont le groupe sanguin est O ?

....

b) Quel est le pourcentage de personnes dont le rhésus est négatif ?

....

c) Il y a 66 millions de personnes en France. **Combien de personnes sont du groupe B, rhésus positif ?**

....

CORRIGÉS p. 91

Reconnaître un agrandissement et une réduction

Maths

Mini-Cours

- Sur la figure ci-contre :
  – le point E appartient au segment [AB] ;
  – le point F appartient au segment [AC] ;
  – les droites (EF) et (BC) sont parallèles.

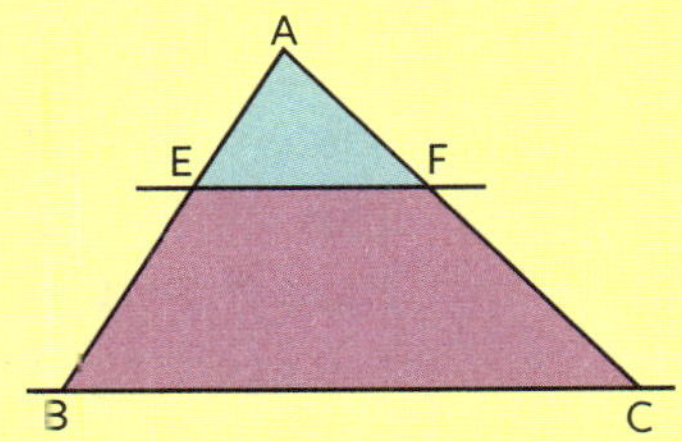

- Le triangle AEF est alors une réduction du triangle ABC. On a : AE = $k \times$ AB, AF = $k \times$ AC et EF = $k \times$ BC, avec $0 < k < 1$.
  k est appelé coefficient de réduction.
- Le triangle ABC est un agrandissement du triangle AEF. On a : AB = $k' \times$ AE, AC = $k' \times$ AF et BC = $k' \times$ EF, avec $k' > 1$.
  k' est appelé coefficient d'agrandissement.
- Remarque : les mesures des angles des deux triangles sont égales deux à deux.

1 **Vrai ou faux ?**

	Vrai	Faux
a) Si on multiplie toutes les longueurs des côtés d'un triangle par 3, on obtient un agrandissement de ce triangle.	☐	☐
b) Si on multiplie toutes les longueurs des côtés d'un triangle par 0,3, les mesures des angles sont multipliées par 0,3.	☐	☐
c) Si on multiplie toutes les longueurs des côtés d'un triangle par $\frac{4}{7}$, on obtient un agrandissement de ce triangle.	☐	☐

2 Pour régler la portée des feux de croisement, une des méthodes consiste à placer la voiture devant un mur.
Le triangle ABM est une réduction du triangle HPM.

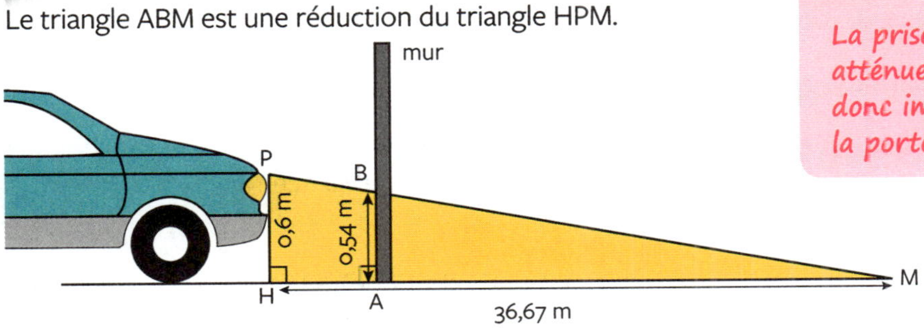

Petite info

La prise de médicaments peut atténuer la vision nocturne. Il est donc important de bien régler la portée des feux de croisement.

a) Calcule le coefficient de réduction : ....

b) Déduis-en l'arrondi, à l'unité près, de la longueur AM. ....

3 Une boîte de pénicilline a pour dimensions 10 cm, 7 cm et 3 cm. Le fabriquant décide de modifier le conditionnement de ces boîtes. Il applique aux dimensions un coefficient d'agrandissement de 1,2.
Calcule les dimensions de la nouvelle boîte.

....

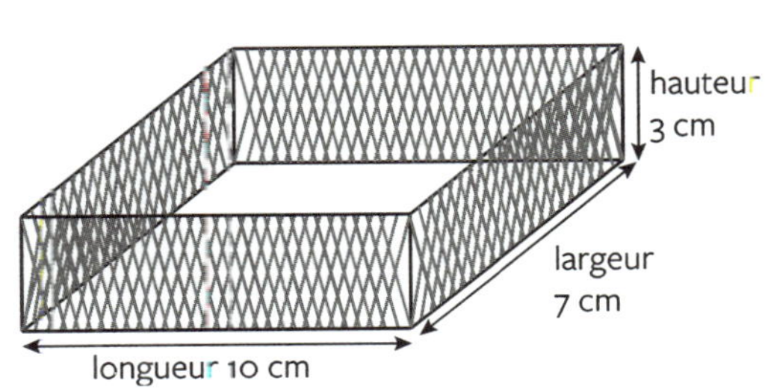

CORRIGÉS **p. 91**

Anglais

Répondre par oui ou par non

Looking at the photos

The children are transferring the photos to Andrew's computer.

Tom – Have your parents lived here for a long time?

Andrew – Yes, they have. I think they have lived in this house for twenty years.

Tom – We've been here since last week and we've already seen Nessie. Have you finished transferring the photos?

Andrew – No, I haven't. I'll be ready in a minute.

A few minutes later...

Tom – Can we have a look at them now?

Andrew – Yes, we can. Oh no, all the photographs show the same thing. What we took for her head or her tail is a mere piece of wood!

Tom – A log floating at the surface of the lake!

- *to show:* montrer
- *to take for:* prendre pour
- *mere:* simple
- *log:* souche

Mini-Cours

Répondre par « oui » ou par « non »

En anglais, on ne répond pas seulement « *yes* » ou « *no* » à une question : on reprend le sujet sous forme de pronom personnel et l'auxiliaire à la forme affirmative ou négative. Ex. : *Have your parents called you? Yes, they have.*

Le present perfect

- On l'utilise pour parler d'une action commencée dans le passé et toujours en cours. « Depuis » se traduit de deux façons :
  – *for* si le complément de temps évoque une durée.
  Ex. : *We've been here for two years* ;
  – *since* si ce complément est un point de départ.
  Ex. : *We've been here since last week.*
- Pour demander « Depuis combien de temps... ? », on utilise l'interrogatif *how long* et un verbe au present perfect.
  Ex. : *How long have they lived here?*

1 **Multiple-choice questions: choose the right answer.**

a) Andrew...
☐ has lived in Inverness since he was born.
☐ moved to Inverness with his parents a week ago.
☐ lives in a village near Inverness.

b) The photographs...
☐ are blurred.
☐ show something which is not what the children were expecting.
☐ show Nessie's tail floating on the lake.

2 **Complète les réponses.**

a) Do Tom and Andrew think that the lake is inhabited by the monster? Yes, ...

b) Have Andrew's parents ever seen anything strange in the lake? No, ...

c) Will the two children talk about their discovery if they see Nessie? Yes, ...

d) Did Tom's parents follow their son to Inverness? No, ...

3 **À partir des phrases données, formes-en deux nouvelles : une avec *since*, une avec *for*.**

Ex. : Tom and Andrew wrote their first article about Nessie 5 days ago. (work for their fan club)

– *They've worked for their fan club for 5 days.*

– *They've worked for their fan club since they wrote their first article.*

→ Andrew's parents moved to Inverness in 1988. (live in Inverness)

– ....

– ....

CORRIGÉS p. 91

Interroger quelqu'un

A wonderful experience

Everybody is outside. There is a lot of noise due to the wind.

UNCLE MATT – Can I see your photographs, boys?

ANDREW – What did you say? I couldn't hear you because of the wind.

TOM – Your dad wants to know if he can see our photographs.

ANDREW – The photographs? But I deleted them from my digital camera.

UNCLE MATT – Sorry?

TOM – Andrew says he deleted them from his digital camera.

AUNT DEBBIE – Why did he do that?

TOM – Because Nessie never appeared on them.

AUNT DEBBIE – Oh, I'm sincerely sorry.

TOM – Don't be sorry, Aunt Debbie. It was a wonderful experience anyway.

ANDREW – You must come back next year Tom, and we'll discover that Nessie exists.

UNCLE MATT – I'm sure you will!

- *due to:* à cause de
- *to hear:* entendre
- *to delete:* effacer
- *digital camera:* appareil photo numérique
- *anyway:* de toute façon

1 True or false?

	True	False
a) The weather outside is very fine.	☐	☐
b) Andrew has not stored the photographs in his camera.	☐	☐
c) The two cousins are pleased with their experience.	☐	☐

2 Look carefully how Uncle Matt, Aunt Debbie and Andrew ask questions. Then, imagine what you could ask if you wanted to know:

a) how many photographs the children took yesterday.

– ....?

b) if Tom will come back next summer.

– ....?

3 C'est le jour du départ ! Transforme les paroles des personnages en discours indirect.

a) Tom says ....

b) Andrew says ....

c) Aunt Debbie tells Tom ....

Mini-Cours

Poser une question

- Une question ouverte se forme ainsi : mot interrogatif + auxiliaire + sujet + verbe + ...?
  Ex. : *What did he say?*
- Une question fermée (*yes/no question*) forme ainsi : auxiliaire + sujet + verbe + ...?
  Ex. : *Can I see the photos, boys?*

Rapporter des paroles

Pour passer du discours direct au discours indirect, on distingue plusieurs cas :

- phrase affirmative ou négative : *I deleted them from my camera* → *He says he deleted them from his camera* ;
- phrase interrogative (question ouverte) : *How long are we going to wait?* → *They wonder how long they are going to wait* ;
- phrase interrogative (question fermée) : *Can I see your photos?* → *Your dad wants to know if he can see our photos* ;
- phrase à l'impératif : *(Don't) delete the photos!* → *He tells them (not) to delete the photos.*

CORRIGÉS p. 92

Histoire

Quand l'Europe se partageait le reste du monde

Mini-Cours

- À partir de 1830, les pays européens se lancent à la conquête de nouveaux territoires en Asie et en Afrique. Ils trouvent dans leurs colonies des matières premières, des débouchés pour leurs produits industriels, des bases terrestres pour contrôler les grandes routes maritimes.
- Les peuples colonisés se voient imposer de nouvelles obligations (impôts) et le modèle culturel européen (langue). En revanche, ils n'ont aucun droit politique.

1 **Observe la carte des empires coloniaux en 1914, puis trouve à quel empire correspond chaque affirmation.**

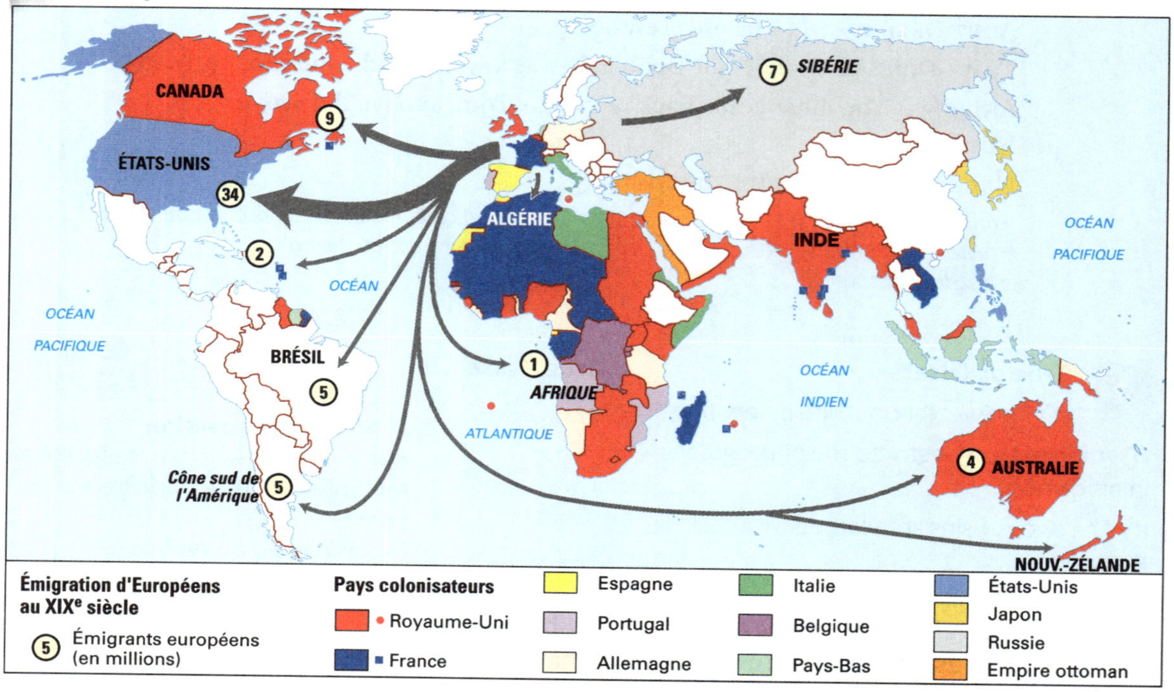

a) Ce continent a été entièrement partagé par les Européens. → ....

b) Plus importante colonie britannique, c'était le « joyau de la couronne ». → ....

c) Sur ce continent, les anciennes colonies des XVIIe et XVIIIe siècles avaient déjà acquis leur indépendance en 1914, même si elles restaient sous influence. → ....

d) C'est le seul empire « d'un seul tenant ». → ....

« Mes enfants, aimez la France, votre nouvelle patrie »
Une école rurale en Algérie vers 1850

2 **À l'aide de la photographie, repère une conséquence positive et une négative de la colonisation pour ces jeunes Algériens :**

- positive : ....

....

- négative : ....

....

CORRIGÉS **p. 92**

Prévention des maladies, vaccination et antibiotiques

SVT

Mini-Cours

- Le monde qui nous entoure est peuplé d'une infinité de microbes dont certains, appelés microbes pathogènes, peuvent être responsables de maladies graves.
- Le premier moyen de se protéger des microbes pathogènes est l'hygiène, notamment la toilette quotidienne et le lavage des mains fréquent et soigné.
- La vaccination stimule les défenses naturelles de l'organisme, tandis que les antibiotiques sont des substances qui, en cas d'infection, luttent contre les microbes pathogènes.

1 **Corrige les affirmations qui sont erronées ou incomplètes.**

Affirmation	Correction si nécessaire
Le passage sous la douche assure la propreté du corps.	
Les produits de traitement utilisés dans les piscines garantissent la belle couleur bleue de l'eau.	
Changer régulièrement de vêtements permet de toujours « sentir bon ».	
En cas de blessure légère, un lavage soigné à l'eau savonneuse est un bon moyen de lutter contre les microbes.	
Se brosser les dents sert surtout à avoir une haleine fraîche.	

2 **À l'aide de la bande dessinée, écris au brouillon un court texte présentant le principe de la vaccination et son intérêt.**

① Microbe pathogène inactif ② Défense de l'organisme ③ Microbe pathogène actif (virulent)

3 **Coche les affirmations correctes.**

a. Les antibiotiques détruisent les bactéries. ☐

b. Les antibiotiques sont sans action sur les virus. ☐

c. Une analyse en laboratoire peut être nécessaire pour identifier un agent pathogène avant de prescrire un antibiotique. ☐

d. Dès qu'on se sent malade, il est prudent de prendre un antibiotique. ☐

e. Seul un médecin peut prescrire un antibiotique. ☐

Petite info

Le mot « antibiotique » signifie substance capable de détruire des cellules vivantes (« anti » = contre, « bio » = vie).

CORRIGÉS p. 92

Check ! 6 questions pour vérifier que tu as retenu l'essentiel.

1 Choisis l'adjectif correctement orthographié.

a) Le lilas et les roses sont ☐ blanches ☐ blancs.

b) Il porte des chaussettes ☐ orange ☐ oranges.

c) Sa robe est ☐ bleue foncée ☐ bleu foncé.

2 Coche la bonne réponse.

a) La moyenne des trois nombres 10, 12 et 14 est : ☐ 11 ☐ 12 ☐ 13

b) La moyenne pondérée correspondant au tableau des données ci-dessous est :
☐ 4,75 ☐ 4,5 ☐ 10

valeur	3	4	5	6
effectif	5	10	15	10

c) La fréquence correspondant à la valeur 4 du tableau ci-dessus est :
☐ 0,25 ☐ 0,4 ☐ 0,1

3 Observe la figure ci-dessous.

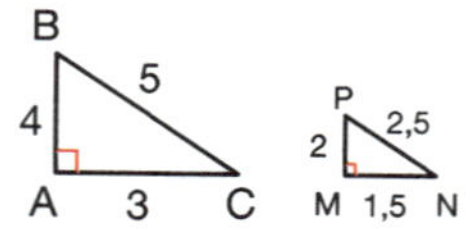

Le triangle ABC est un agrandissement du triangle MPN. ☐ Vrai ☐ Faux

4 Laquelle de ces deux questions n'est pas correcte ?

☐ Why did he delete his photographs?

☐ Why deleted he his photographs?

5 C'est en Asie et en Amérique du Sud que les pays d'Europe se lancent à la conquête de territoires coloniaux au XIXe siècle.

☐ Vrai ☐ Faux

6 Comment se protéger des microbes pathogènes ? Coche la ou les bonnes réponses.

☐ Par la vaccination.

☐ Par les antibiotiques.

☐ Par des mesures d'hygiène.

CORRIGÉS **p. 92**

WebQuest

Le hasard en cuisine

Le mot « sérendipité » désigne le fait de réaliser une invention ou une découverte de façon inattendue, notamment au cours d'une activité concernant un autre sujet. S'il est surtout employé par les scientifiques, ce terme peut aussi s'appliquer à la vie quotidienne. Consulte l'article disponible sur le lien **http://www.slate.fr/story/109065/hasards-serendipite-recettes** et découvre deux versions d'une légende permettant d'expliquer comment est née la tarte Tatin.

Réponse : Soit une des sœurs Tatin aurait oublié d'ajouter de la pâte à son gâteau, soit elle aurait fait tomber une tarte aux pommes classique et l'aurait renfournée à l'envers pour rattraper son erreur.

ÉPISODE 7

Zapping

D'où vient le nom de sapeur-pompier ?

Le terme de « pompier » remonte au XVIe siècle. Au départ, un pompier est celui qui s'occupe de l'entretien et du fonctionnement des pompes à eau. Ce n'est qu'à partir du XVIIIe siècle que le terme de « pompier » puis de « garde-pompe » est utilisé spécifiquement pour désigner les combattants du feu.
Un siècle plus tard, le « garde-pompe » laisse la place au « sapeur-pompier ». Pourquoi « sapeur » ? Parce qu'à la suite d'un incendie meurtrier auquel l'empereur Napoléon Ier échappe de peu, ce dernier décide de doter Paris d'un bataillon de pompiers militaires. Or un militaire est aussi appelé un sapeur quand on parle de métiers. À côté du sapeur-télégraphiste, du sapeur-conducteur et du sapeur-forestier apparaît donc le sapeur-pompier. Depuis le 18 septembre 1811, la gestion des incendies est du domaine des militaires pour Paris.

© Collection Kharbine-Tapabor

© Julien Duc/Brigade des pompiers de Paris

Français

Transformer une phrase au passif

« Montag, vous oubliez votre casque ! »
Il le décrocha du mur derrière lui, courut, sauta, et ils foncèrent dans la nuit, opposant aux assauts du vent le hurlement de leur sirène et le ferraillement tonitruant de leur engin.
C'était une maison de deux étages dans la partie la plus ancienne de la ville, lépreuse, vieille de plus d'un siècle, mais qui, comme toutes les autres maisons, avait été pourvue d'un mince revêtement de plastique ignifugé et semblait ne devoir qu'à cette enveloppe protectrice de tenir encore debout.
« Nous y voilà ! »
La machine s'arrêta net. Beatty, Stoneman et Black remontèrent l'allée au galop, devenus soudain odieusement volumineux dans leurs épaisses combinaisons ignifugées. Montag suivit le mouvement.

■ Ray Bradbury, *Fahrenheit 451*, © Éditions Denoël 1955.

Mini-Cours

- Une phrase est à la voix active quand le sujet fait l'action exprimée par le verbe.
Ex. : *Le feu détruit la maison.*
- Une phrase est à la voix passive quand le sujet subit l'action.
Ex. : *La maison est détruite par le feu.*
- Pour former la voix passive du verbe, on utilise l'auxiliaire *être* suivi du participe passé du verbe. Seul un verbe transitif direct (suivi à l'actif d'un COD) peut être conjugué au passif.

1 **Souligne dans le texte un verbe à la voix passive.**

Petite info

Certains verbes de mouvement forment leur passé composé avec être (ex. : il est sorti). Ne confonds pas ces formes avec des passifs.

2 **Coche les phrases de forme passive.**

☐ Les flammes couvraient la colline.
☐ Un souffle brûlant m'enveloppait.
☐ Le ciel était embrasé par l'incendie.
☐ Mes yeux étaient crevés par la fumée.

3 **Transforme au passif les phrases de l'exercice 2 qui sont à l'actif.**

a) ....

b) ....

4 **Réécris la phrase ci-dessous à l'actif.**

« C'est toujours la nuit que l'alerte est donnée. »

■ Ray Bradbury, *op. cit.*

→ C'est toujours la nuit que l' ....

....

Astuce

Quand il n'y a pas de complément d'agent exprimé, on met « on » comme sujet actif.

CORRIGÉS p. 92

Accorder un participe passé

Français

1 Coche la forme du participe passé qui convient.

a) Nous avons ☐ effectué ☐ effectuées de nombreuses démarches, en vain.

b) Votre lettre nous est bien ☐ parvenu ☐ parvenue.

c) Ses problèmes de logement sont en passe d'être ☐ réglé ☐ réglés.

d) Plusieurs projets ont été ☐ sélectionné ☐ sélectionnés mais un seul sera ☐ retenu ☐ retenus.

e) ☐ Interrogé ☐ Interrogés dans le cadre de l'enquête, les témoins se sont ☐ rétracté ☐ rétractés.

Indice

Vérifie que tu as accordé le participe passé dans tous les cas, sauf deux.

2 Complète les phrases avec le verbe *envoyer* conjugué au passé composé.

a) J'ai récupéré ce matin le paquet que tu m'.. hier.

b) J'ai bien reçu la commande que vous m'.. par mail.

c) J'ai gardé toutes les cartes postales que Laura m'..

d) Je ne retrouve plus les billets de train que l'agence m'..

Mini-Cours

- Un participe passé (p.p.) sans auxiliaire s'accorde comme un adjectif qualificatif.
- Employé avec l'auxiliaire *être*, le p.p. s'accorde avec le sujet.
- Employé avec l'auxiliaire *avoir*, le p.p. :
  – reste invariable s'il n'a pas de COD ou si le COD est à sa droite ;
  – s'accorde en genre et en nombre avec le COD s'il est placé à sa gauche.

3 Complète avec les verbes entre parenthèses conjugués au passé composé (sauf un au présent). Attention à accorder le participe passé si nécessaire.

a) Un incendie parti de l'est de Los Angeles (se propager) .... rapidement, entraînant l'évacuation de près de 100 000 personnes.

b) Le gouverneur de la Californie (déclarer) .... l'état d'urgence dans la région. Plus de 34 000 bâtiments (être menacé, au présent) ....

c) Le brasier (démarrer) .... mardi vers 10 h 30 et (brûler) .... déjà plus de 3 600 hectares.

d) Deux des pompiers mobilisés (être blessé) ....

4 Complète ces mots croisés avec les participes passés des verbes indiqués. Sauf indication contraire, ils sont au masculin singulier.

Horizontalement

1. Offrir
2. Saisir
3. Peindre
4. Avoir
5. Ôter
6. Skier (masc. pluriel)

Verticalement

a. Prendre
b. Oser
c. Faire (fém. pluriel)
e. Être au présent, 3e pers du sing.
f. Rire / Être
g. Lire (fém. pluriel)

	a	b	c	d	e	f	g
1	■			F			
2	■			I			■
3				N		■	
4		■		■	■		
5		■		■	O		
6		■			I		

Maths

Appliquer le théorème de Thalès

Mini-Cours

Soit ABC un triangle. Soit M un point du côté [AB] et N un point du côté [AC].
Si la droite (MN) est parallèle à la droite (BC),
alors $\frac{AM}{AB} = \frac{AN}{AC} = \frac{MN}{BC}$
On a appliqué le théorème de Thalès.

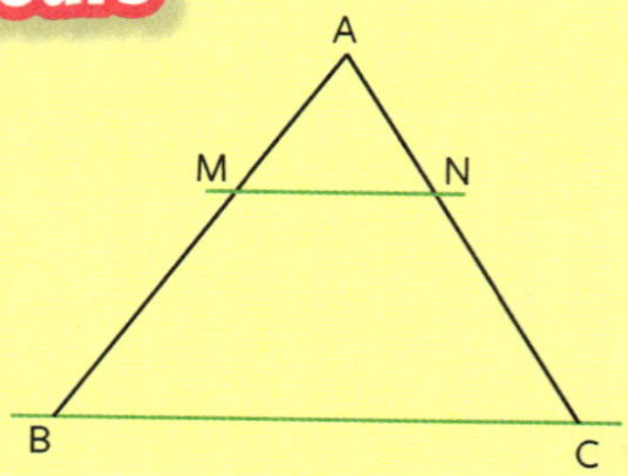

1 **Coche la bonne réponse.**

a) Si $\frac{x}{2} = \frac{13}{5}$, alors :

☐ $x = \frac{26}{5}$ ☐ $x = \frac{5}{26}$ ☐ $x = \frac{26}{10}$

b) Si $\frac{3}{5} = \frac{4}{x}$, alors :

☐ $3x = 20$ ☐ $3x = \frac{4}{5}$ ☐ $3x = \frac{5}{4}$

Indice
Utilise les deux premiers rapports et écris l'égalité des produits en croix.

2 **Vrai ou Faux ?**

a) H est un point de [EF], I est un point de [EG], (HI) est parallèle à (FG).
Le théorème de Thalès permet d'écrire :
$\frac{EH}{EF} = \frac{IH}{GF} = \frac{EI}{IG}$

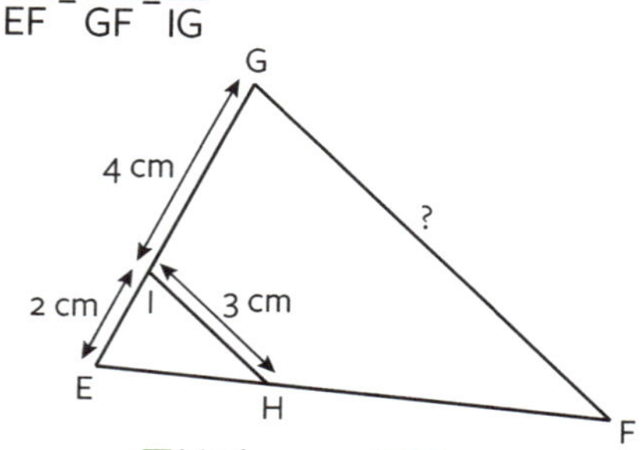

☐ Vrai ☐ Faux

b) H est un point de [EF], I est un point de [EG], (HI) est parallèle à (FG).
La longueur FG est alors égale à 6 cm.

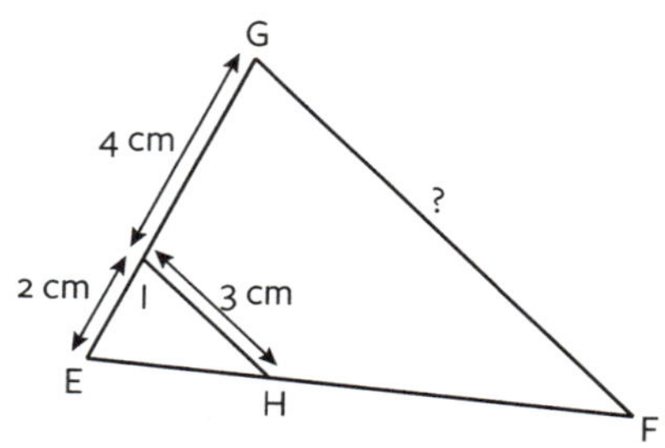

☐ Vrai ☐ Faux

3 Observe le codage de la figure ci-contre.
Les droites tracées en bleu sont parallèles.

a) En appliquant le théorème de Thalès au triangle MNP, remplace les pointillés par les longueurs qui conviennent.

$$\frac{2}{\cdots\cdots} = \frac{\cdots\cdots}{MP} = \frac{RS}{\cdots\cdots}$$

b) Que vaut la longueur MP ?

☐ 15 cm ☐ 12 cm ☐ 25 cm

c) Que vaut la longueur RS ?

☐ 2,1 cm ☐ 3 cm ☐ 1,6 cm

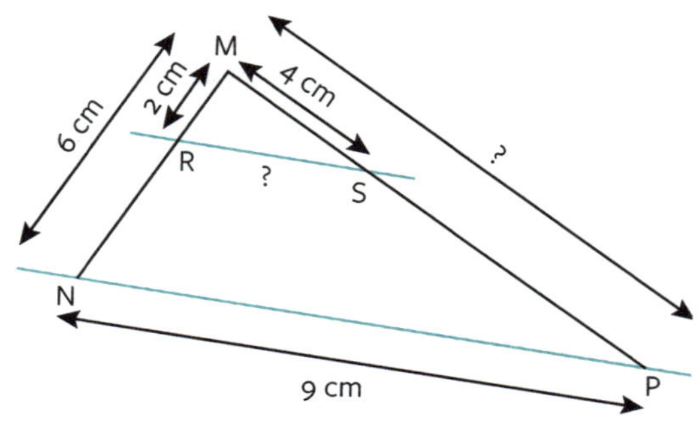

Reconnaître une pyramide et un cône

Maths

1 **Vrai ou faux ? Coche la bonne réponse.**

	Vrai	Faux
a) Une pyramide à base carrée a cinq faces.	☐	☐
b) Une pyramide à base triangulaire a trois sommets.	☐	☐
c) Dans un cône de révolution, la hauteur est perpendiculaire à tout rayon de la base.	☐	☐
d) Le segment joignant le sommet d'un cône à un point du cercle de base s'appelle la génération.	☐	☐

2 Les pompiers sont souvent appelés pour vider les caves inondées lors d'un orage. Pour mesurer la quantité d'eau tombée, on utilise un pluviomètre.

a) Complète le dessin en perspective cavalière de ce pluviomètre.

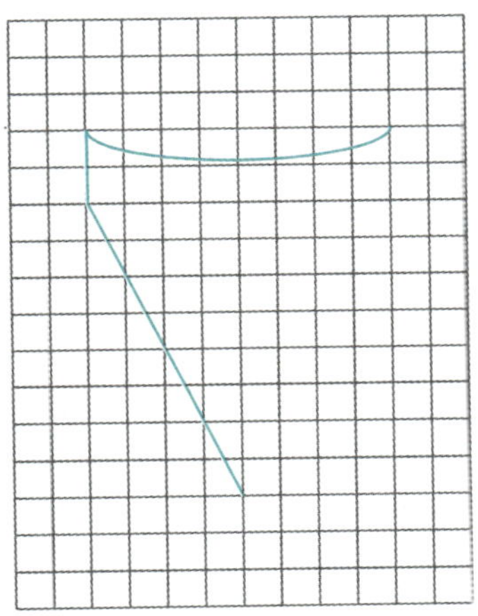

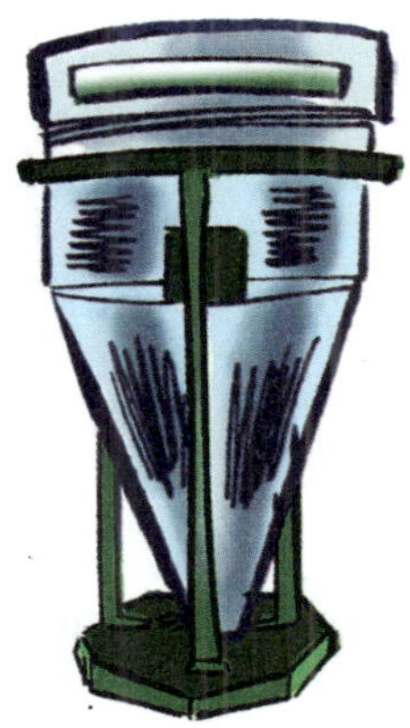

b) Quels sont les deux solides composant ce pluviomètre ?

....

....

c) Coche les patrons correspondant à ces deux solides.

☐ 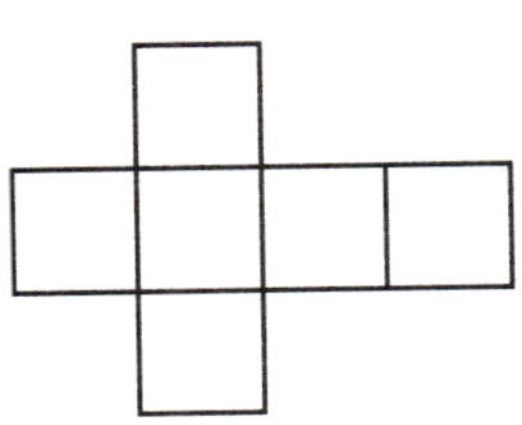

☐ 

☐ 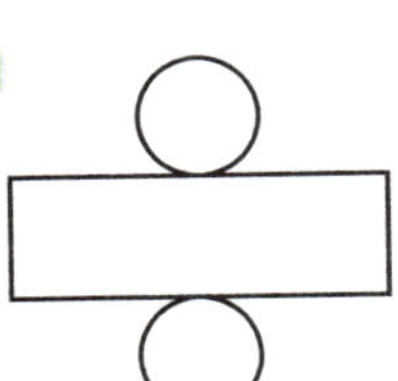

☐ 

Indice

Un des solides possède deux bases qui sont des disques.

Mini-Cours

- La pyramide est un solide. Sa base est un polygone. Sa surface latérale est composée de triangles. Il y a autant de triangles que de côtés au polygone de base.

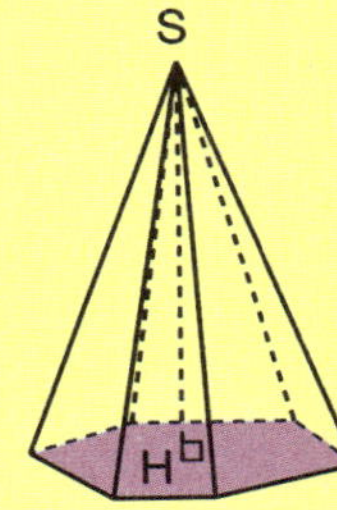

Le segment [SH] est la hauteur de la pyramide.

- Le cône de révolution est un solide. Sa base est un disque. Sa surface latérale est une surface courbe.

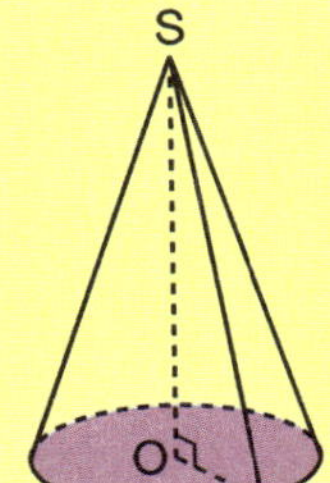

[OA] est un rayon de la base.
[SO] est la hauteur du cône.
[SA] est une génératrice du cône.

CORRIGÉS p. 93

Anglais

Bien prononcer le son *-ed*

He enjoyed it!

A man was walking along a street in London when he found a penguin, so he picked it up and took it to the local police station. When he arrived there, he told a policeman, "I found this penguin. What can I do?" The policeman looked at the man and said, "Take the penguin to the City Zoo!" The man said, "Oh, of course! I'll take it to the zoo." The next day the policeman saw the same man walking along the street with the penguin by his side. The policeman stopped the man and said, "Didn't you take the penguin to the zoo?" The man replied, "Yes, I did. And he enjoyed it a lot so today we have decided to go to the cinema!"

- *pick up:* ramasser, recueillir
- *reply:* répondre
- *enjoy (a lot):* aimer (beaucoup)
- *so:* et donc

Mini-Cours

Le *-ed* du prétérit se prononce :
- [t] après f, k, p, ss, ch ou sh (*talked, watched*) ;
- [id] après d ou t (*mended, expected*) ;
- [d] dans les autres cas (*joined, arrived, played*).

Petite info

Les prétérits sont parfois irréguliers. Retiens : • find/found: trouver • take/took: prendre • tell/told: raconter • see/saw: voir

1 **Écoute l'histoire puis classe ces verbes extraits du document selon la prononciation de *-ed*.**

picked – arrived – looked – stopped – replied – enjoyed – decided

[d]	....
[t]	....
[id]	....

2 **Écoute les verbes suivants et classe-les selon la prononciation de *-ed*.**

hated – worked – traveled – moved – brushed – landed – knocked – listened – visited – asked – wanted – painted – lived – opened – cooked – loved – waited – saved

[d]	....
[t]	....
[id]	....

CORRIGÉS p. 93

Bien accentuer les mots lexicaux

Anglais

What's the matter with you?

JOAN, THE ENGLISH ASSISTANT – Hey Pierre, what's the matter with you? You look so bad-tempered this morning.

PIERRE – Well, Joan. I find it hard to speak English.

JOAN – I don't agree with you. English is not difficult...

PIERRE – Yes, but my accent isn't good.

JOAN – If you want to improve your English accent, listen carefully during the lessons, stop chatting with your friends and record yourself on your mobile phone when you're at home.

PIERRE – Er..., what about speaking French now?

JOAN – Oh no!

- *the matter*: le problème
- *bad-tempered*: de mauvaise humeur
- *agree*: être d'accord
- *improve*: améliorer
- *record*: enregistrer
- *what about?*: Et si...

1 **Écoute le dialogue et classe ces mots extraits du document selon la place de leur accent.**

matter – morning – English – agree – difficult – accent – improve – listen – record – mobile – about

Mini-Cours

Il faut repérer où est l'accent pour bien prononcer et être compris. Mais il y a peu de règles ! Il faut donc chercher dans le dictionnaire et toujours apprendre les mots nouveaux avec leur prononciation !

accent sur la 1re syllabe	accent sur la 2e syllabe
....	....
....	....

2 **Écoute les mots suivants et souligne la syllabe accentuée.**

window (n) • finish (v) • sentence (n) • begin (v) • schoolbag (n) • marry (v) pencil (n) • children (n) • borrow (v) • lorry (n) • stupid (a) • understand (v) complain (v) • homework (n) • clever (a) • boring (a) • ago (p) • notebook (n)

3 **a) Écoute les phrases suivantes et souligne la syllabe accentuée des mots en couleur.**

1. Can you record this song for me, please?

2. This champion has just made a new record!

3. She is the main suspect, let's ask her a few questions.

4. You shouldn't suspect him, he is not guilty.

5. Those men are the leaders who started the protest.

6. Don't protest, please! That's the rule.

b) **Que remarques-tu sur l'accent des noms et verbes en couleur ?**

Les .... sont accentués sur la première syllabe alors que les .... sont accentués sur la deuxième.

CORRIGÉS p. 93

Géographie

Un monde de migrants

Mini-Cours

- Les migrations transnationales sont en forte croissance. Elles concernent 3 % de la population mondiale. Si les flux Sud-Nord demeurent les plus nombreux, les flux Sud-Sud et Nord-Nord se multiplient.
- Les raisons sont diverses : pauvreté, guerres et conditions politiques, raisons climatiques, tourisme, travail, études...
- Ces migrations impactent les zones de départ (perte d'une partie de leur population dynamique mais parfois développement grâce à l'argent envoyé aux familles) comme les zones d'accueil (apport de main-d'œuvre et de population jeune...).

1 **Pour chaque histoire de migrant, indique de quel type de migration il s'agit.**

réfugié de guerre – migrant économique – fuite des cerveaux – réfugié climatique

a) Teresa a 39 ans. Elle est vendeuse dans un magasin de prêt-à-porter à Dubaï aux Émirats arabes unis. Chaque soir, elle communique sur les réseaux sociaux avec ses filles de 11 et 8 ans restées aux Philippines. Elle envoie de l'argent tous les mois à sa famille.

→ ....

b) Stéphane est un jeune ingénieur français en informatique. Il s'est installé en Californie où il a été embauché par une entreprise de la Silicon Valley.

→ ....

c) Kenzia est une jeune Kurde de Syrie. À cause de la guerre dans son pays, elle a rejoint, avec ses parents, une partie de sa famille installée en Angleterre.

→ ....

d) Alaneo pense demander un jour à l'Australie un statut de réfugié. Son île du Pacifique Sud risque en effet d'être envahie par l'océan à cause du réchauffement de la planète.

→ ....

2 **Complète la légende du croquis.**

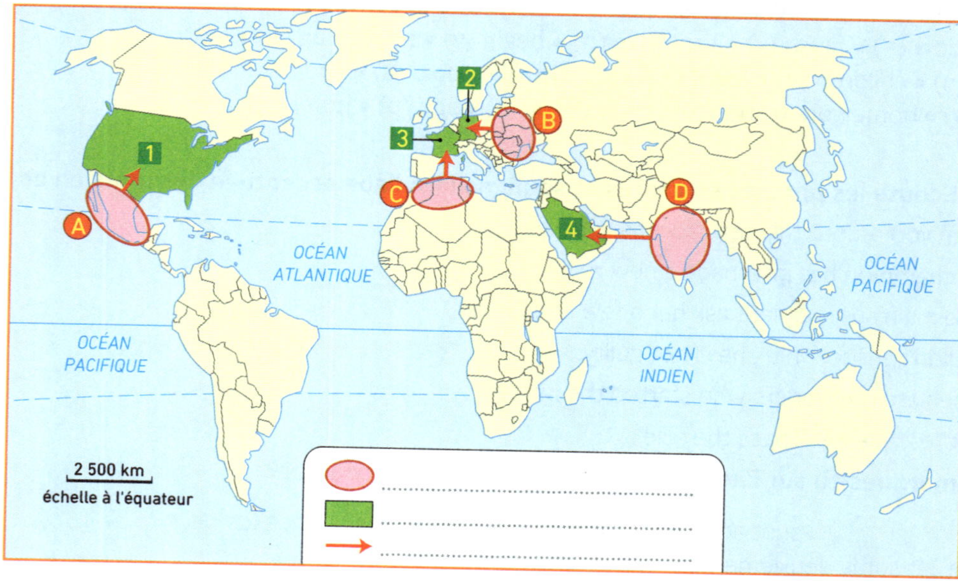

CORRIGÉS p. 93

Maîtriser une combustion

Mini-Cours

- Le feu est une production de flamme due à une combustion. Une combustion est une transformation chimique qui libère de l'énergie sous forme de chaleur et de lumière. On dit qu'elle est exoénergétique.
- Pour qu'une combustion ait lieu, il faut la présence simultanée de deux composants chimiques (le combustible – solide, liquide ou gazeux – et le comburant – le dioxygène de l'air) ainsi que d'énergie d'activation.

1 Complète le texte avec les expressions suivantes :

l'énergie d'activation – le combustible – le comburant

- Pour stopper un feu de forêt, les pompiers utilisent la technique du « contre-feu » qui consiste à brûler une bande d'arbres ou de buissons se trouvant en avant de la zone qui brûle. Ce faisant, ils cherchent à supprimer ....
- Si on voit un homme dont les habits sont en train de brûler, il faut immédiatement le couvrir d'une couverture, ainsi on supprime ....
....
- Lorsqu'un feu se déclare, il faut immédiatement arroser le foyer (base des flammes) de façon à supprimer ....

Petite info

Souvent utiles, les combustions peuvent aussi être dangereuses. Savoir les maîtriser permet d'éviter les incendies ou la formation de monoxyde de carbone, gaz mortel.

2 Complète le schéma à l'aide des informations données dans le texte.

Lors de la combustion du méthane, il se forme de l'eau et du dioxyde de carbone. Si cette combustion a lieu dans une pièce non ventilée, le dioxygène peut venir à manquer (en effet, le dioxygène de l'air est consommé lors de la transformation chimique et est peu à peu remplacé par le dioxyde de carbone). La combustion devient donc incomplète. Il peut alors se former de la fumée (essentiellement composée de carbone) mais aussi un gaz toxique (inodore, insipide et incolore) : le monoxyde de carbone.

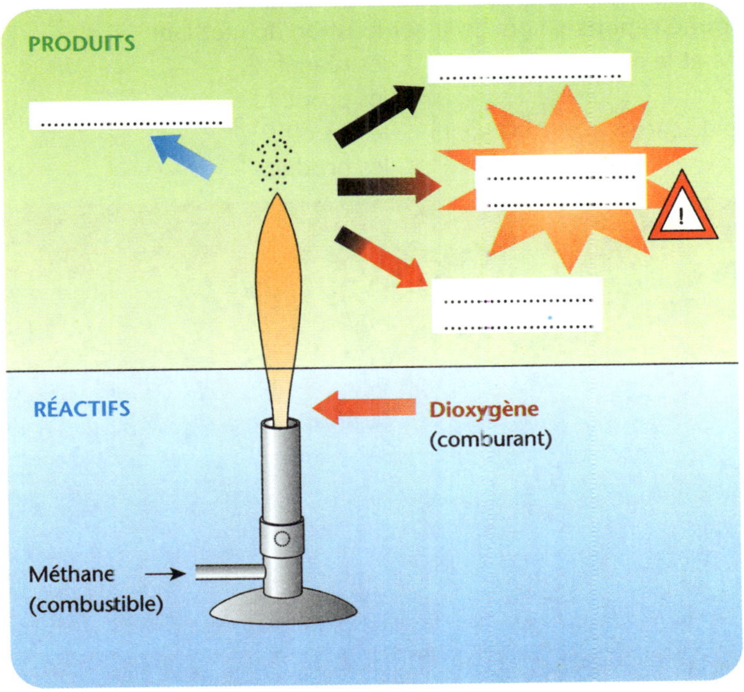

CORRIGÉS p. 93

Check ! 6 questions pour vérifier que tu as retenu l'essentiel.

1 **Les phrases suivantes sont-elles à la voix passive ?**

	oui	non
a) La forêt est en feu depuis des heures.	☐	☐
b) La forêt a été totalement détruite par le feu.	☐	☐
c) Le feu s'est déclaré à midi.	☐	☐
d) La maison est entourée par les flammes.	☐	☐

2 **Choisis l'orthographe qui convient.**

a) Les lionnes se sont ☐ sauvé ☐ sauvées à travers bois.

b) La lionne qu'il a ☐ apprivoisée ☐ apprivoisé vient d'avoir un petit.

c) Voici les lettres qu'ils se sont ☐ écrits ☐ écrites pendant l'été.

3 **Observe la figure ci-contre. Les droites rouges sont parallèles. Coche la bonne réponse.**

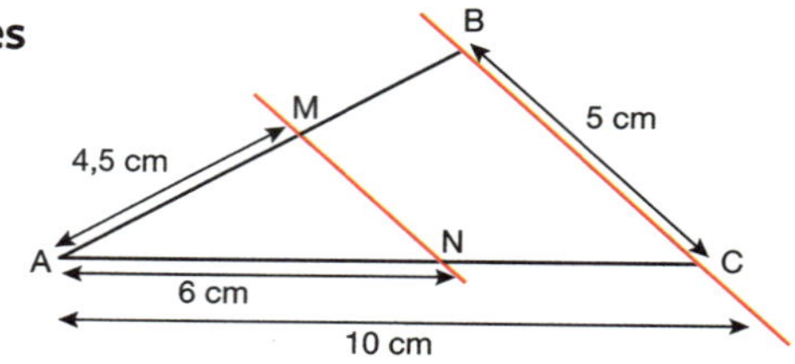

a) La longueur du segment [AB] est égale à :

☐ 2,7 cm ☐ 7 cm ☐ 7,5 cm

b) La longueur du segment [MN] est égale à :

☐ 2 cm ☐ 3 cm ☐ 5 cm

4 **Comment se prononce le *-ed* du prétérit ?**

a) Le *-ed* de *visited* se prononce ☐ [id] ☐ [d].

b) Le *-ed* de *traveled* se prononce ☐ [d] ☐ [t].

c) Le *-ed* de *worked* se prononce ☐ [id] ☐ [t].

5 **Coche la bonne réponse.**

Les migrants représentent ☐ 3 % ☐ 13 % ☐ 30 % de la population mondiale.

6 **Coche la bonne réponse.** Lors de la combustion du méthane :

– le méthane et le dioxygène sont : ☐ les réactifs ☐ les produits

– le dioxyde de carbone et l'eau sont : ☐ les réactifs ☐ les produits

CORRIGÉS **p. 93**

WebQuest

Numéros d'urgence

S'il est indispensable de connaître les numéros de téléphone à utiliser pour appeler les secours en cas d'urgence, il faut aussi savoir quelles informations communiquer en priorité à son interlocuteur. Réponds aux questions ci-dessous en utilisant tes connaissances, puis vérifie tes réponses grâce au site suivant : **http://www.dossierfamilial.com/sante-social/droits-des-patients/samu-pompiers-police-les-numeros-d-appel-en-cas-d-urgence-57237**.

1) Quel est le numéro de la police ? Du Samu ? Des pompiers ?

2) Quels sont les trois éléments à communiquer en priorité à son interlocuteur lors d'un appel d'urgence ?

Réponse : 1) 17, 15 et 18. 2) « Qui », « où » et « pourquoi ».

ÉPISODE 8

© Bernd_Libbach/Fotolia

Zapping

Pourquoi tourner le plan d'un film sur fond bleu ?

Daniel Radcliffe, l'acteur qui incarne Harry Potter au cinéma, ne s'est pas battu contre un chien à trois têtes en carton-pâte. En revanche, il a été obligé de jouer devant un fond bleu. L'objectif : pouvoir remplacer ce fond uni par un faux décor avec de faux acteurs, en l'occurrence Touffu. Pourquoi bleu ? Parce qu'il n'y a pas de bleu dans le corps humain. Du coup, on peut supprimer tout le bleu de l'image, c'est-à-dire le fond, sans toucher à l'acteur. La seule contrainte : ne pas porter de vêtement bleu, bien sûr. Sinon, l'acteur risque de se transformer en homme invisible ! Un autre exemple très connu qui fait appel à cette technique de trucage, c'est la météo. Le présentateur est en effet filmé devant un fond bleu (ça marche aussi avec du vert) sur lequel sont incrustées les cartes du jour.

© Vincent Leloup/Divergence

© Universal/Wing Nut Films/The Kobal Collection/Aurimages

Français

Lire une affiche de cinéma

Mini-Cours

Une affiche de cinéma informe sur le genre du film et donne envie d'aller le voir.

- L'image est suggestive. Elle évoque un lieu, une époque, des personnages, une atmosphère. Souvent, elle représente une scène importante ou un acteur connu. Certains éléments visuels captent le regard qui suit alors un chemin imposé.
- Le texte permet de :
  - connaître le titre du film, le nom du réalisateur et des acteurs ;
  - susciter l'intérêt par une « phrase d'accroche » ou des extraits de la revue de presse.

© Prod DB © Films du Fleuve-Why Not Production/DR

■ Bruno Podalydès, *Le Mystère de la chambre jaune*, 2003.

1 **Observe les couleurs de l'affiche.**

a) Quelle est la couleur dominante ? Justifie ce choix.

....

....

b) De quelle couleur est la pancarte accrochée à la poignée de la porte ? ....

c) Qu'évoque habituellement cette couleur dans une histoire policière ? ....

....

2 **Analyse la construction de l'image, puis complète les réponses.**

a) Le regard est attiré par :

☐ le montant de la porte.
☐ la poignée de la porte.
☐ le point d'interrogation sur la pancarte.

b) La porte est :

☐ ouverte. ☐ fermée. ☐ entrebâillée.

Cette position suggère ....

....

3 **Documente-toi.**

a) Qui a écrit le roman *Le Mystère de la chambre jaune* ?

☐ Alexandre Dumas ☐ Gaston Leroux ☐ Agatha Christie

b) Peux-tu nommer le héros du film, d'après cette affiche ? ....

Cherche son nom. ....

4 **De l'affiche du *Mystère de la chambre jaune*, déduis le genre du film. Coche la bonne réponse.**

☐ Comédie ☐ Film de cape et d'épée
☐ *Heroic fantasy* ☐ Drame
☐ Film policier ☐ Film d'espionnage

CORRIGÉS p. 94

Exprimer une opinion

> **Déguisements, prestidigitation, chausse-trapes, fausses pistes, retournements de situations, [...] invraisemblances assumées et digressions facétieuses : tout concourt ici à évoquer l'impureté intrinsèque[1] du cinéma sous l'influence conjuguée du muet, de la bande dessinée, du cinéma moderne ou du feuilleton télé... [...]**
> **Sans doute peut-on regretter que le film, ainsi mis sur les rails, ne dévie plus d'un iota de sa route.**
>
> ■ Jacques Mandelbaum, « *Le Mystère de la chambre jaune* : la quête facétieuse du personnage évanoui », *Le Monde*, 10 juin 2003.
>
> 1. Qui est propre à.

1 **Lis la critique ci-dessus du *Mystère de la chambre jaune*, puis réponds aux questions.**

a) D'après le journaliste, ce film s'inspire de plusieurs genres. Lesquels ?

☐ Le cinéma muet ☐ Le dessin animé ☐ Le feuilleton télé
☐ Le théâtre ☐ La bande dessinée ☐ Le cinéma moderne

b) Qu'apprend-on sur les inspirations d'un film ?

....

....

Mini-Cours

◉ Selon le cas, l'énonciateur s'exprime de façon neutre, à travers un discours le plus objectif possible, ou, à l'inverse, prend parti et donne son opinion.

◉ On peut alors relever dans le discours des termes traduisant :
– une appréciation, positive ou négative ;
Ex. : *Ce film est un honnête divertissement qu'on fréquentera sans déplaisir.*
– le plus ou moins grand degré de certitude de l'énonciateur par rapport à ce qu'il dit.
Ex. : *Agatha Christie aurait particulièrement aimé le roman de Gaston Leroux.*

2 **Souligne la partie du texte qui te semble contenir un jugement négatif. Reformule celui-ci.**

....

3 **Les énoncés ci-dessous expriment-ils un fait ou une opinion ?**

	Fait	Opinion
a) Les frères Podalydès ont fait ensemble le film *Le Mystère de la chambre jaune*, l'un comme acteur, l'autre comme réalisateur.	☐	☐
b) À mon avis, *Le Mystère de la chambre jaune* est un film désuet.	☐	☐
c) Ce film est servi par des acteurs parfaits.	☐	☐
d) Le roman *Le Mystère de la chambre jaune* parut en 1907, sous la forme d'un feuilleton dans un journal.	☐	☐

CORRIGÉS p. 94

Maths

Déterminer une vitesse moyenne

Mini-Cours

- La vitesse moyenne v d'un mouvement est le quotient de la distance d parcourue par la durée t du mouvement : $v = \frac{d}{t}$
Ex. : Un piéton parcourt 10 km en deux heures. Sa vitesse moyenne est $v = \frac{10}{2} = 5$ km/h.
- La distance parcourue d est le produit de la vitesse moyenne v par la durée t du mouvement : $d = v \times t$
Ex. : Une voiture effectue un trajet en deux heures à la vitesse de 90 km/h.
La distance parcourue est $d = 90 \times 2 = 180$ km.
- Le temps t du mouvement est égal au quotient de la distance d parcourue par la vitesse moyenne v : $t = \frac{d}{v}$
Ex. : Un oiseau parcourt 135 m à la vitesse moyenne de 9 m/s. La durée du mouvement est $t = \frac{135}{9} = 15$ s.

1 Dans un film

Dans un film, les images défilent à la vitesse de 24 images par seconde.

a) Un film dure 120 minutes. Trouve sa durée en secondes.

....

b) Calcule alors le nombre d'images dans ce film.

....

2 Les 24 heures du Mans

En 2005, une caméra a filmé la totalité de la course des 24 Heures du Mans. Lehto, Werner et Kristensen se sont relayés au volant de la voiture victorieuse.

a) Ils ont parcouru 370 tours. Un tour mesure 13,605 km.

Calcule la distance qu'ils ont parcourue. ....

b) La vitesse moyenne de leur voiture a été de 210,216 km/h.

Calcule la durée de la course. ....

Explique pourquoi cette course s'appelle les 24 Heures du Mans.

....

3 Le film *Titanic*

Le film *Titanic* de James Cameron (1997) raconte le naufrage du bateau du même nom. Ce paquebot fut lancé le 31 mai 1911. Parti de Southampton le 10 avril 1912, il coula dans la nuit du dimanche 14 avril 1912 après avoir heurté un iceberg.

Sa vitesse maximale était de 24 nœuds ou 24 milles marins par heure.

a) Un mille marin vaut 1 852 mètres. Convertis 24 milles en mètres, puis en kilomètres.

....

b) Déduis-en la vitesse maximale du *Titanic* en km/h. ....

CORRIGÉS p. 94

Calculer des aires ou des volumes

Maths

1 Avant une séance de cinéma, Léa aime déguster un cône chocolat-pistache.

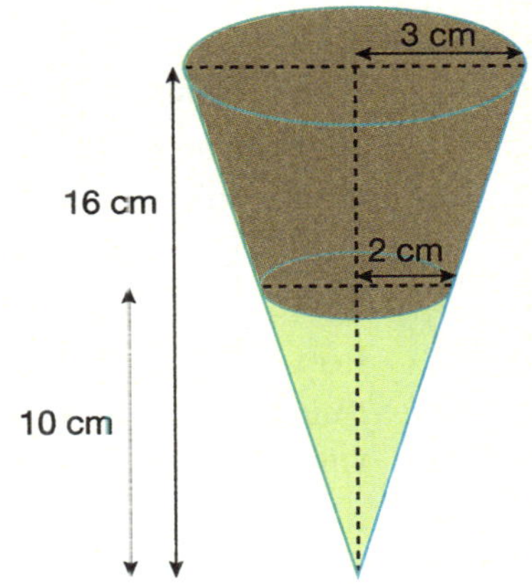

a) Le cône a pour hauteur 16 cm et rayon de base 3 cm.

Calcule le volume du cône glacé.

....

....

b) La pistache est un cône de hauteur 10 cm et de rayon de base 2 cm.

Calcule le volume de la glace à la pistache.

....

....

c) Calcule, en faisant une soustraction, le volume de la glace au chocolat.

....

Conseil

Utilise 3,14 comme valeur approchée du nombre π et arrondis tes résultats au centième.

2 La pyramide de Khéops, en Égypte, date de 2580 avant J.-C. Celle du Louvre date de 1988.

a) La pyramide de Khéops a pour base un carré de côté 230,3 m et sa hauteur est de 137 m.

Calcule son volume : ....

....

....

b) La pyramide du Louvre a pour base un carré de côté 34 m et sa hauteur est de 21 m.

Calcule son volume : ....

....

....

c) Divise le volume de la pyramide de Khéops par celui de la pyramide du Louvre.

....

Combien de pyramides du Louvre tiendraient dans la pyramide de Khéops ?

....

....

Mini-Cours

Le volume *V* d'une pyramide est égal à $\frac{1}{3} \times B \times h$, où *B* est l'aire de la base et *h* la hauteur de la pyramide.

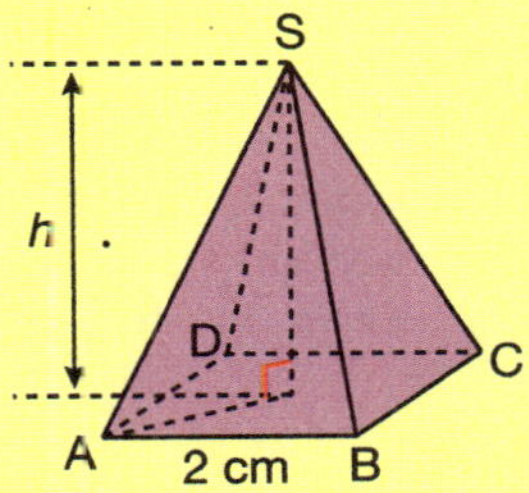

Ex. : La pyramide ci-dessus a pour hauteur $h = 6$ cm. Sa base ABCD est un carré de 2 cm de côté. Le volume de cette pyramide est égal à $\frac{1}{3} \times 2 \times 2 \times 6 = 8$ cm³.

Le volume *V* d'un cône est égal à $\frac{1}{3} \times \pi \times r^2 \times h$, où *r* est le rayon de la base et *h* la hauteur du cône.

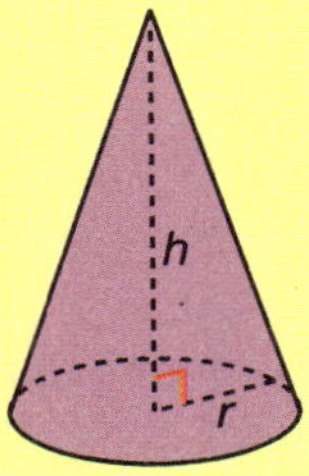

Ex. : Le cône ci-dessus a pour hauteur $h = 5$ cm. Sa base a pour rayon $r = 3$ cm. Le volume de ce cône est égal à $\frac{1}{3} \times \pi \times 3^2 \times 5 = 15\,\pi$ cm³.

CORRIGÉS p. 94

Comprendre un document audio (1)

How about going to the movies?

Ron is phoning Kate...

RON – Hello Kate, how about going to the cinema this afternoon?

KATE – Oh hello Ron. Why not? I'm free this afternoon. What's on?

RON – Well, let's see... There is a horror movie, *Monsters from Space*, a romantic film, *My Dearest Love*, a musical, *Oliver Twist* and *Murder in Los Angeles*. It's a detective movie.

KATE – As for me I hate musicals and horror movies. I think they are boring.

RON – And I can't stand romantic movies. You always know the end in advance.

KATE – So it will be *Murder in Los Angeles*. Good!

RON – Yes, and guess what: your favorite actor is playing in it!

KATE – Leonardo Paddington!!! I can't wait! Let's meet at the cinema at two.

Continue à écouter cette conversation sans l'aide du script.

- *how about?:* ça te dirait de
- *what's on?:* qu'est-ce qui se donne ?
- *let's see:* voyons
- *a musical:* une comédie musicale
- *hate:* détester
- *boring:* ennuyeux
- *I can't stand:* je ne peux pas supporter
- *guess:* deviner
- *I can't wait:* j'ai hâte

Mini-Cours

Avant l'écoute, on te donne généralement le titre du document audio. Tu peux ainsi anticiper sur son sujet ; de même s'il est illustré par une image.

Au cours de la première écoute, sois attentif aux bruits de fond. Concentre-toi sur qui parle et de quoi. Accepte de ne pas tout comprendre, c'est à force de travail qu'on progresse.

1 D'après le titre et l'illustration, de quoi va-t-on parler ?

☐ d'école
☐ de musique
☐ de cinéma
☐ de sport

2 Écoute une première fois cette conversation.

a) Qui parle ? ☐ deux filles ☐ deux garçons ☐ un garçon et une fille

b) Où se déroule la conversation ? ☐ dans la rue ☐ au cinéma ☐ au téléphone

c) Le sujet de la conversation est : ☐ choisir un film ☐ choisir un livre ☐ choisir un concert

3 Écoute une deuxième fois cette conversation et coche la bonne réponse.

a) The boy hates: ☐ romantic movies. ☐ musicals.

b) The girl can't stand: ☐ horror movies. ☐ detective movies.

c) They suggest they meet: ☐ in the afternoon. ☐ in the evening.

d) In the end: ☐ the boy can't go. ☐ the girl can't go.

e) The boy says: ☐ he is free the day after. ☐ he is not free the day after.

CORRIGÉS p. 94

Comprendre un document audio (2)

Anglais

The best film I've ever seen...

In the end, has Kate gone to the cinema alone?

KATE – Oh hello Ron. I have just returned from the movies...

RON – And...

KATE – And *Murder in Los Angeles* is a movie you must absolutely see. And Leonardo Paddington is brilliant, as usual!

RON – You sound very excited, don't you?

KATE – Yes, I am! It is probably the best film I have ever seen.

RON – You always say that when you see a new film starring Leonardo Paddington. In my opinion he is not that good, you know.

KATE – What's wrong with you, Ron? Oh I understand, you are upset because I went to the movies without you.

RON – Nonsense, you can do whatever you like...

KATE – Ha! Ha!

Continue à écouter cette conversation sans l'aide du script.

- *brilliant*: formidable
- *starring*: qui a pour vedette
- *not that good*: pas si bien que ça
- *upset*: contrarié
- *without*: sans
- *nonsense*: c'est idiot
- *whatever you like*: ce que tu veux

Astuce

Écoute de l'anglais chaque jour, par exemple ta chanson préférée !

Mini-Cours

- Appuie-toi sur les mots transparents, les mots que tu connais, les noms propres.
- Concentre-toi sur les intonations qui indiquent les réactions des interlocuteurs.

1 **Écoute** le dialogue une première fois et **entoure** les mots que tu entends.

returned – laughing – movies – theatre – brilliant – surprised – excited – funny – probably – nice – good – fine – new – like – hate – yesterday – actor – upset

2 **Écoute** les mots suivants extraits du dialogue et **souligne** leur syllabe accentuée.

returned – absolutely – usual – excited – probably – opinion – upset

3 **Écoute le dialogue à nouveau et dis si ces adjectifs s'appliquent à Ron ou à Kate.**

a) angry: .... **b)** excited: .... **c)** mocking: ....

CORRIGÉS p. 94

Être une femme en France au XIXe siècle

Mini-Cours

- Au XIXe siècle, les femmes ont un statut inférieur à celui des hommes : le Code civil (1804) les place sous la tutelle de leur mari. Elles n'ont pas le droit de vote.
- Les femmes n'ont pas accès à toutes les professions. Largement employées dans l'industrie textile et le commerce, elles sont moins payées que les hommes.
- La condition des femmes s'améliore au cours du XIXe siècle, grâce à certaines lois (instruction des filles obligatoire en 1881) et au combat des premières féministes (suffragettes).

1850 Obligation pour les communes d'ouvrir des écoles pour filles (loi Falloux).

1861 Julie-Victoire Daubié est la première femme autorisée à se présenter au baccalauréat, qu'elle obtient.

1880 Création des collèges et lycées publics pour les filles (loi Camille Sée).

1881 Enseignement primaire obligatoire pour les filles comme pour les garçons (lois Ferry).

1884 Autorisation du divorce (qui avait été interdit en 1816).

1892 Le port du pantalon est autorisé pour les femmes en vélo ou à cheval.

1900 Les femmes peuvent devenir avocates. Jeanne Chauvin est la première avocate.

1907 Les femmes mariées peuvent percevoir leur salaire.

1919 La loi institue un congé de maternité de 8 semaines, mais sans salaire.

1944 Droit de vote des femmes.

1 **a) Lis la chronologie puis souligne :**
- en rouge l'évolution des droits politiques ;
- en bleu l'évolution du droit à l'éducation ;
- en noir l'évolution des droits dans la société et la famille ;
- en vert l'évolution des droits professionnels.

b) Dans quel domaine la condition des femmes s'améliore-t-elle le plus au XIXe siècle ?

....

Le moins ?

....

2 **Complète ces mots croisés pour découvrir quelques Françaises qui ont contribué à l'amélioration de la place des femmes dans la société du XIXe siècle.**

Vertical :

1. Militante anarchiste, grande figure de la Commune de Paris.

2. Métier de Jeanne Chauvin, réservé aux hommes jusqu'en 1900.

3. Grande sculptrice.

4. Julie-Victoire Daubié fut la première .... en 1861.

5. Écrivaine (auteur de *La Mare au diable*), critique littéraire et journaliste.

Horizontal :

I. C'est dans ce domaine que Sophie Germain s'est fait connaître au début du XIXe siècle.

II. Surnom donné aux femmes qui, comme Hubertine Auclert, militaient pour le droit de vote.

III. Cette grande scientifique a reçu le prix Nobel de Physique en 1903 et celui de Chimie en 1911.

IV. Samirza Bilcescu fut la première femme à étudier dans cette université française. On tenta de l'empêcher d'y entrer le permier jour.

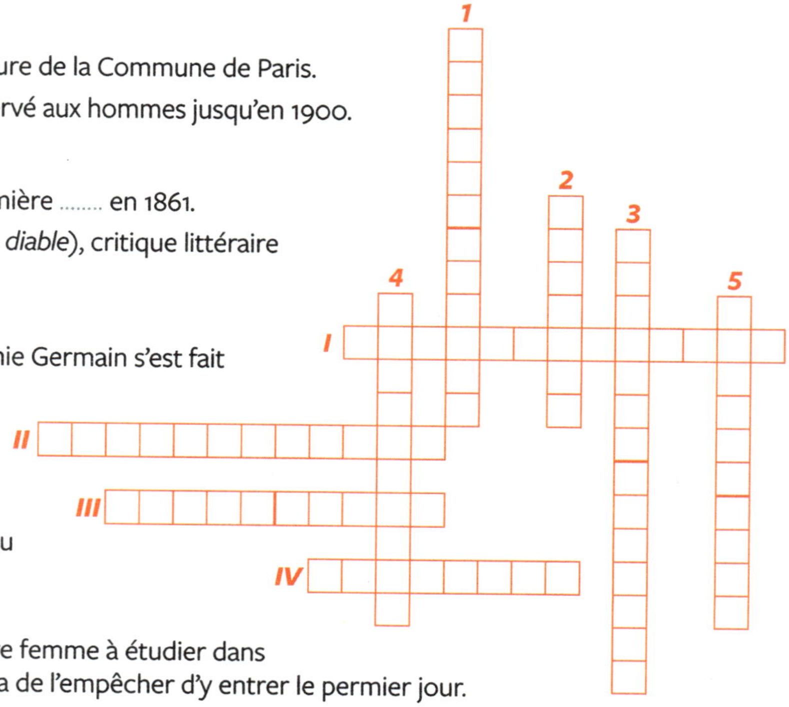

CORRIGÉS p. 94

Les lois de l'électricité

Physique chimie

1 **Dans chaque cas, coche la ou les bonne(s) réponse(s).**

a) Une lampe et un moteur montés en dérivation :

☐ ont la même tension entre leurs bornes.

☐ sont parcourus par un courant de même intensité.

b) Dans un circuit comportant un générateur et deux lampes L1 et L2 montés en série, on peut écrire :

☐ $U_g = U_1 = U_2$ ☐ $U_g = U_1 + U_2$ ☐ $I_g = I_1 + I_2$

c) Dans un circuit comportant une lampe et un moteur montés en dérivation, on peut écrire :

☐ $U_g = U_1 = U_2$ ☐ $I_g = I_1 + I_2$ ☐ $I_g = I_1 = I_2$

Mini-Cours

- Pour caractériser un circuit, il faut connaître la valeur de l'intensité qui traverse chaque dipôle ainsi que la valeur de la tension aux bornes de chaque dipôle.
- Chaque type de circuit est caractérisé par deux lois :

– un circuit en série obéit à la loi d'unicité de l'intensité et d'additivité des tensions ;

– un circuit en dérivation obéit à la loi d'additivité des intensités et d'unicité de la tension.

2 Un circuit comporte un générateur, une lampe et un moteur montés en série.

a) Schématise le montage.

b) On sait que la tension aux bornes du générateur est $U_g = 6$ V, la tension aux bornes de la lampe est $U_L = 1{,}5$ V. **Quelle est la valeur de la tension aux bornes du moteur ?**

....

c) L'intensité du courant qui traverse le moteur est $I_M = 50$ mA.

Quelle est la valeur de l'intensité du courant traversant la lampe ?

....

3 Paul et Manon ont réalisé le circuit photographié ci-contre. Ils ont utilisé une pile neuve de tension $U_p = 4{,}5$ V. Dans chacune des branches dérivées, l'ampèremètre indique I = 75 mA.

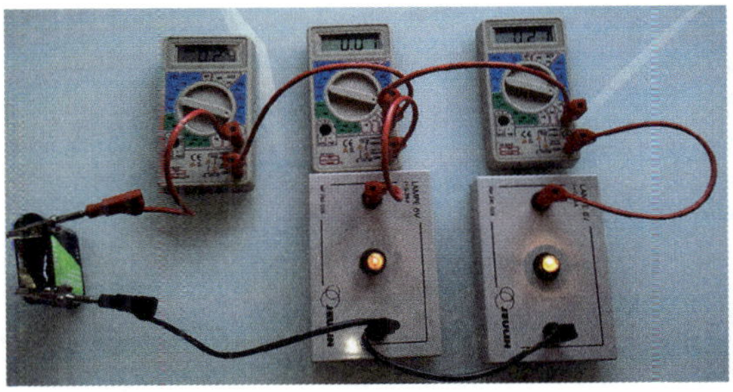

© bernon.fr

a) Paul affirme que l'intensité dans la branche principale aura une valeur de 75 mA alors que Manon pense qu'elle aura une valeur de 150 mA. **Qui a raison ? Pourquoi ?**

....

....

....

b) Aide Paul et Manon à trouver la valeur de la tension entre les bornes de chaque lampe.

....

....

....

CORRIGÉS p. 95

Check ! 6 questions pour vérifier que tu as retenu l'essentiel.

1 **Y a-t-il une marque de subjectivité dans les phrases suivantes ?**

	oui	non
a) Tu as sans doute raison.	☐	☐
b) Ce film a été tourné en Afrique.	☐	☐

2 **Coche la bonne réponse.**

a) La vitesse moyenne d'un véhicule parcourant 60 km en 30 minutes est :

☐ 30 m/s ☐ 30 km/h ☐ 2 km/min

b) La distance parcourue en 15 minutes à la vitesse de 30 km/h est :

☐ 7,5 km ☐ 15 km ☐ 30 km

3 **Coche la bonne réponse.**

a) Une pyramide a pour base un rectangle de 2 cm sur 5 cm. Sa hauteur est 6 cm.
Son volume est : ☐ 60 cm³ ☐ 20 cm³ ☐ 42 cm³

b) Un cône de révolution a pour rayon de base 3 cm et hauteur 6 cm. Avec $\pi = 3{,}14$,
son volume est : ☐ 18,84 cm³ ☐ 56,52 cm³ ☐ 6,28 cm³

4 **Coche les conseils qui te seront utiles pour bien comprendre un document audio.**

☐ Essaie de noter dès le début tous les détails.

☐ Avant l'écoute, observe bien le titre et l'illustration.

☐ Repère combien de personnes parlent et où.

☐ Repère les mots principaux qui te permettent de comprendre le sujet.

5 **Dans quel domaine la condition des femmes s'améliore-t-elle le plus au XIXᵉ siècle ?**

☐ Le droit à l'éducation ☐ Les droits politiques ☐ Les droits économiques

6 **Remets les morceaux de phrases dans l'ordre.**

☐ est égale à la somme des tensions aux bornes des récepteurs.

☐ a toujours la même valeur.

☐ la tension aux bornes du générateur

☐ Dans un circuit en série,

☐ l'intensité du courant

☐ Dans un circuit en série,

CORRIGÉS **p. 95**

À plusieurs !

As-tu l'œil ?

Matériel : un ordinateur ou un smartphone et une connexion à Internet.

1) Un maître du jeu va sur la page web **http://digitalsynopsis.com/design/movies-before-after-green-screen-cgi/** et sélectionne une dizaine de photographies issues de films dont il est certain que les autres joueurs les connaissent (films célèbres ou vus ensemble).

2) À chaque tour, le maître du jeu montre une image. Le joueur qui trouve le nom du film dont elle est issue gagne deux points.

3) À chaque tour, une question bonus est posée : chaque joueur imagine quel fond a été incrusté à la place de l'écran vert. Celui qui a donné la réponse la plus proche de la réalité gagne un point.

FRANÇAIS (p. 6)

1. La sœur de Manhattan, Athéna (citée page 2) raconte l'histoire. Elle s'exprime à la première personne du singulier (« je »).
2. Athéna est passionnée par le passé, elle aime la littérature et le bricolage.
Manhattan est passionnée de technologie, elle aime la mode et la musique.
3. C'est le cahier de vacances offert par le papa qui déclenche l'histoire.
4. a) Il faut isoler de la ligne 4 « – Ce cadeau-là » à la ligne 9 « Celui-ci date précisément de 2017. »
b) Le papa, Manhattan, Athéna puis de nouveau le papa prennent successivement la parole.

FRANÇAIS (p. 7)

1. Alors que je m'apprêtais à ouvrir le cahier, Manhattan surgit dans ma chambre.
[– Papa a dit que tu devais partager, Ath'.
– Depuis quand t'intéresses-tu aux cahiers de vacances ?
– J'adore les cahiers de vacances surtout si cela t'agace.]
Et avant que je n'eusse le temps de pousser ne serait-ce qu'un soupir, ma sœur s'installa à côté de moi et commença à feuilleter le cahier.
2. Verbe à l'imparfait : m'apprêtais • verbes au passé simple : surgit, s'installa, commença.
Le verbe à l'imparfait rapporte dans quelles circonstances Manhattan a agi. Les actions de Manhattan, qui forment la trame du récit, sont rapportées au passé simple.

3.	commencer	surgir	recevoir	revenir
1re pers. sing.	je commençai	je surgis	je reçus	je revins
3e pers. sing.	elle commença	elle surgit	elle reçut	elle revint
3e pers. pluriel	ils commencèrent	ils surgirent	ils reçurent	ils revinrent

4. a) présent • **b)** s'exclama, demandai, rétorqua.

MATHS (p. 8)

1. a) (+ 9) × (– 5) = (– 45) • **b)** (– 24) ÷ (+ 6) = (– 4) • **c)** • 27 ÷ (– 3) = (– 9) • **d)** (– 8) × (– 4) = (+ 32) • **e)** (– 45) ÷ (– 9) = (+ 5) • **f)** 4 × (– 8) = (– 32)
2.

+ 18	– 1	+ 12
– 4	– 6	– 9
+ 3	– 36	+ 2

3. a) 7 + 30 = 37. La différence de niveau est de 37 mètres.
b) 10 000 + 1 281 = 11 281. La lave parcourt 11 281 mètres.

MATHS (p. 9)

1. a) $\frac{4}{3}$ • **b)** $\frac{5}{11}$ • **c)** $\frac{8}{3}$ • **d)** $\frac{3}{2}$
2.

	$\frac{9}{4}$	
$\frac{2}{4}$		$\frac{7}{4}$
$\frac{3}{4}$	$-\frac{1}{4}$	2

3. a) Le père de Marie aurait économisé 42 ÷ 5 = 8,4 litres. • **b)** Le nombre de litres consommés est de : 42 - 8,4 = 33,6 litres.

ANGLAIS (p. 10)

1. a) False • **b)** True • **c)** False
2. The journey by train is so long → that you will get bored after two hours. • We insist on → spending the summer with you. • We want to go to Paris and we need your help → to communicate in French.
3. a) phoned / was watching • **b)** were Tom's parents doing / received • **c)** did Andrew see / was fishing • **d)** was reading / heard

ANGLAIS (p. 11)

1. Picture **2.**
2. a) Mrs Brown wants/would like Tom to say hello to Andrew and his parents for them.
b) Mr Brown does not want/would not like Tom to climb on Nessie's back.
3. a) He asked/told him not to sleep on the train.
b) He asked/told him to bring his wetsuit.

HISTOIRE (p. 12)

1. en rouge : prise de la Bastille • en bleu : nuit du 4 août ou Déclaration des droits de l'homme • en noir : exécution de Louis XVI • en vert : sacre de Napoléon • en gris : franc germinal.
2.

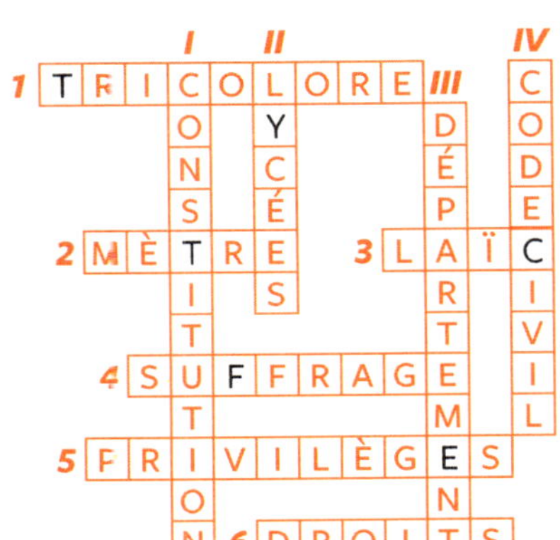

SVT (p. 13)

1. À partir du foyer, zone en profondeur d'où part l'ébranlement, des ondes sismiques se propagent, entraînant la rupture des roches : une faille apparaît. À la surface du globe, la zone où le séisme est le plus violent est appelée épicentre.
2. Construire des habitations aux murs épais. → Non, les forces mises en jeu sont telles que même les plus larges murs ne résisteraient pas. • En cas de séisme annoncé, fuir les zones urbaines et gagner les champs. → Oui, pour se mettre à l'abri des immeubles qui s'écroulent, par exemple. • Construire des maisons sur des matériaux souples qui absorbent les déformations. → Oui, c'est ce qui est fait au Japon. • En cas de séisme, rester dans son appartement. → Non, l'immeuble pourrait s'écrouler...
3. Le Mérapi (île de Java, Indonésie) est le plus dangereux. Un volcan explosif projette brutalement de la roche incandescente (à très haute température) dans l'atmosphère. Ces fragments de roche tombent en pluie à des kilomètres à la ronde, provoquant de graves destructions. Face à une coulée de lave, il est souvent possible de fuir.

Check ! (p. 14)

1. Elle allait enfin pouvoir utiliser sa machine à écrire pour remplir son cahier de vacances !
2. La tresse d'Athéna descendait sur son épaule. • Manhattan ouvrit l'application « Devoirs » sur son téléphone et se mit au travail.
3. a) 20 • b) 42 • c) $-\frac{1}{10}$
4. (1) Andrew phoned me and he insisted on inviting me during the holiday. (2) While he was fishing in the lake a few days ago, Andrew saw something strange at the surface and he thinks it could be Nessie. (3) And he lives so close to the lake that we could collect a lot of information for the fan club we intend to create, Nessie's fan club. (4) Oh please! Let me go, please.
5. Il fallait cocher : égalité en droits, séparation des pouvoirs et souveraineté nationale.
6.

épicentre	point de la surface terrestre où un séisme est le plus fort
séisme	ébranlement des couches superficielles du globe
faille	fracture dans une couche du globe terrestre
lave	roche en fusion émise par un volcan

ÉPISODE 2

FRANÇAIS (p. 16)

1. a) Puissance de l'homme : fort, ses gros sabots, soumettre, à ses pouvoirs, à sa loi ; Faiblesse de la Terre : malade, atteinte d'une étrange maladie
b) « Elle est atteinte d'une étrange maladie qui a pour nom "développement", une idée pernicieuse qui meut la planète depuis trois siècles. »
2. a) car • b) en revanche ; mais.
3. ainsi, c'est pourquoi, si bien que → conséquence • et, en outre, par ailleurs → addition • car, en effet, comme, parce que → cause • mais, pourtant, cependant, en revanche → opposition

FRANÇAIS (p. 17)

1. a) équipement • b) votre équipement usagé
2. Les quatre répétitions sont : pétrole, molécules, plastiques, granulés.
3. celui-ci • d'autres • que • Ces derniers
4. a) matériaux • b) déchets

MATHS (p. 18)

1. a) 0,001 • b) 10^4 • c) 10^6 • d) 10^5
2. $1{,}753 \times 10^{-5}$ • $8{,}2 \times 10^3$ • 7,253
3. a) $5{,}6 \times 10^{-1}$ mm • b) $1{,}988 \times 10^6$ km² •
c) $4\,475 \div 2 = 2\,237{,}5$ soit $2{,}2375 \times 10^3$ km²

MATHS (p. 19)

1. $3 + x = 0 \rightarrow x = -3$; $3 - x = 0 \rightarrow x = 3$;
$3x + 1 = 0 \rightarrow x = -\frac{1}{3}$; $x + 3 = -5 \rightarrow x = -8$
2. a) $\pi \times 40^2 \times h = 628\,000$;
b) $h = \frac{628\,000}{40^2 \quad \neq} \oplus 125$ soit 125 cm
3. a) $P = 2 \times (x + 5) + 2 \times (x + 2)$; $P = 2x + 10 + 2x + 4$;
$P = 4x + 14$
b) $4x + 14 = 26$
c) $4x + 14 = 26$
$4x = 12$
$x = 3$

ANGLAIS (p. 20)

1. They are pleased. **1.** "Welcome to Scotland, Tom." • **2.** "We're delighted to see you again, Tom."
2. Leave me alone!
3. b) Tom is the most absent-minded of all.
c) Andrew is the most inquisitive of all.
d) Andrew is the tallest of all.
e) Tom is the oldest of all.

ANGLAIS (p. 21)

1. a) did not know anything about the children's intentions.
b) thinks the children can camp by the lake.
2. a) She is going to paint.
b) He is going to observe the lake.
3. a) is going to rain • **b)** will leave • **c)** are sleeping.

GÉOGRAPHIE (p. 22)

1. a) augmente • **b)** l'Europe, l'Amérique latine, l'Amérique du Nord • **c)** l'Afrique, l'Asie, l'Amérique latine.
2. a) lotissement récent • **b)** bidonville • **c)** centre historique • **d)** centre commercial (*mall*) •
e) centre des affaires (CBD) • **f)** espace périurbain

PHYS.-CHIMIE (p. 23)

1. La bonne représentation moléculaire de l'air est schématisée par la figure 2.

2.

Carte d'identité chimique	
Représentation moléculaire. 	Nom : dioxygène Formule chimique : O_2 Goût : insipide Apparence : incolore Température de vaporisation : – 182,95 °C Qualité principale : indispensable à la respiration

3. Quand on supprime la séparation, les molécules se mélangent.

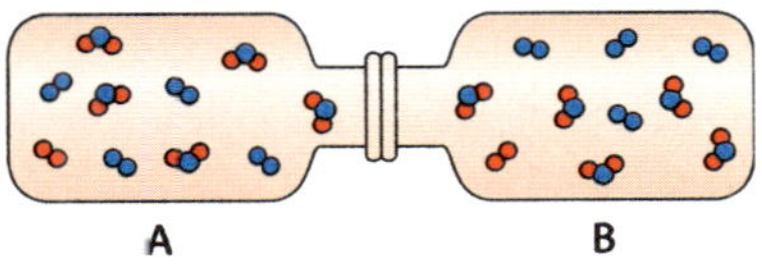

Check ! (p. 24)

1. a) Reprise nominale (« cette pollution »).
b) Reprise pronominale (« Beaucoup »).
c) Reprise pronominale (« ceux »).
2. a) 10^2 • **b)** $8,2175 \times 10^2$ • **c)** 53 760 • **d)** $\frac{1}{100\,000}$
3. a) -9 • **b)** $2x = -4$ • **c)** 0
4. a) Loch Ness is one of the biggest lakes in the United Kingdom. And probably one of the most famous too!
b) Tom and Andrew will not stop their research until they find Nessie.
5. Il fallait cocher : un quartier d'affaires et un centre commercial (*mall*).
6. L'air est composé de 80 % de diazote / 20 % de dioxygène.

ÉPISODE 3

FRANÇAIS (p. 26)

1. a) deux • **b)** plaisanta, répondit. Ils sont au passé simple.
2. Il répondit d'une voix dure qu'il fallait ouvrir l'œil quand on voulait voir clair.
3. a) s'écria-t-il. • **b)** demanda-t-il. • **c)** répondit-il.
4. Le voyageur raconta à son voisin : « J'ai failli rater le TGV ce matin parce que, par malchance, le train n'était pas sur la même voie de départ que les autres jours. J'ai dû courir à travers toute la gare, expliqua-t-il. »

FRANÇAIS (p. 27)

1. le train d'antan → langage soutenu • l'vieux tacot → langage familier • l'ancienne locomotive → langage courant.
2. familier → grailler, bouffer • courant → manger ; courant → un logement, une maison • soutenu → un logis, une demeure.
3. Ce texte, extrait d'un journal en ligne, est rédigé dans un niveau de langue soutenu.
4. a) Il s'agit du niveau de langue familier.
b) Ça me plaît beaucoup ! Tu te rends compte, s'il y a des fenêtres, on pourra même voir des poissons pendant le voyage ! Comme si le tunnel sous la Manche ne suffisait pas, on a voulu faire mieux. Et maintenant le train, c'est vraiment très bien !

MATHS (p. 28)

1. a) $2x - 6$ • **b)** $x^2 + 10x + 24$ • **c)** $3(2x + 5)$ •
d) $x(2x + 5)$
2. $9x^2 - 2x - 5 + x^2 - 11 - 4x \rightarrow 10x^2 - 6x - 16$ •
$3(x - 1) + 2(x + 2) \rightarrow 5x + 1$ •
$(x + 1)(x - 2) \rightarrow x^2 - x - 2$ • $2x + 3x - 7x \rightarrow -2x$

3. a) x^2 ; Si x = 120 cm, l'aire est de 14 400 cm².
b) $(x - 20)(x + 30) \rightarrow x^2 + 10x - 600$; Si x = 120 cm, l'aire est de 15 000 cm².
c) 14 400 < 15 000. La meilleure visibilité est donnée par les fenêtres rectangulaires.

MATHS (p. 29)

1. a) Vrai. $3^2 = 3 \times 3 = 9$
b) Vrai. $8^2 + 10^2 = 64 + 100 = 164$
c) Faux. $4^2 - 3^2 = 16 - 9 = 7$
d) Faux. Le théorème de Pythagore s'applique dans un triangle rectangle.
e) Vrai.
2. a) 12,25 • **b)** 6,25 • **c)** $h^2 = 12{,}25 + 6{,}25 = 18{,}5$ • **d)** 4,30 m.
3. a) 22 500 • **b)** 14 400 • **c)** 22 500 − 14 400 = 8 100 km • **d)** 90 km • **e)** (90 + 120) − 150 = 60 km

ANGLAIS (p. 30)

1. a)

2. across • along • left • past • through
3. ① Go across the street. ② Turn right at the crossroads. ③ Turn left at the T-junction. ③ Go under the bridge. ⑤ Go past a/the church. ⑥ Turn left at the traffic-lights. ⑦ Go along the road for a few yards: the park is opposite the cinema.

ANGLAIS (p. 31)

1. Réponse **3.**
2. a), b), c) observe the stars / read comics / play cards / write articles for the fan club. • **d)** observing the stars / reading comics / playing cards / writing articles for the fan club.

3. a) who / that • **b)** which / that • **c)** which / that / ø • **d)** who / whom / ø • **e)** which / that / ø ; who / that

HISTOIRE (p. 32)

1. a) de masse
b) machine ; vapeur ; courroies ; poulies ; mécanique
c) rapide ; nombreuse
d) capitaux
2. a) 1, 2, 3, 6, 7 • **b)** 4 • **c)** 1, 2 • **d)** 5, 6
3. Le transport de l'électricité peut apparaître comme l'innovation la plus importante car elle a permis de nombreuses autres innovations par la suite. Mais les autres pouvaient être choisies à condition d'avoir bien argumenté.

SVT (p. 33)

1. a) favorable • **b)** nuisible • **c)** favorable • **d)** nuisible.
2. Il fallait cocher : Planter des arbres tels que les saules, gros consommateurs d'eau • Déposer de la paille au pied des cultures : à la manière d'une éponge, celle-ci retiendra l'eau et la redistribuera à mesure des besoins. • Planter des haies dont les racines absorbent l'eau et fixent le sol.
3. Il fallait cocher : Observer si l'eau est claire. • Compter le nombre de poissons en amont et en aval de l'usine. • Analyser l'eau en amont et en aval de l'usine.

Check ! (p. 34)

1. a) Directement • **b)** Indirectement • **c)** Indirectement
2. a) Le TGV roule très vite. • **b)** Voyager en TGV, c'est agréable.
3. a) 12,8 cm • **b)** 290 • **c)** 40 cm
4. Shall we → go back to Monster View?
How about → going back to Monster View?
Let's → go back to Monster View!
5. Vrai.
6. a) Faux • **b)** Vrai • **c)** Vrai • **d)** Faux

ÉPISODE 4

FRANÇAIS (p. 36)

1. a) CC de moyen • **b)** CC de manière • **c)** CC de but • **d)** CC de lieu
2. à 5340 m • pour s'acclimater • Lors d'une cérémonie • dans le camp
3. Au détour du sentier • en lacets • derrière la muraille de rochers de Lhotse • déjà • littéralement • quelques minutes • devant ce spectacle grandiose.
4. CC de lieu → Au détour du sentier ; derrière la muraille de rochers de Lhotse ; devant ce spectacle grandiose • CC de temps → déjà ; quelques minutes • CC de manière → en lacets ; littéralement.

FRANÇAIS (p. 37)

1.

Infinitif	Subjonctif présent	Infinitif	Subjonctif présent
vérifier	que tu vérifies	mettre	qu'elle mette
ranger	que vous rangiez	faire	que nous fassions
finir	que nous finissions	prendre	qu'il prenne
partir	qu'il parte	aller	que j'aille

2. a) gagne • **b)** évalues • **c)** se méprenne • **d)** puissiez • **e)** soyons.

3. a) croit • **b)** croie • **c)** revoit • **d)** revoie

4. Il faut que vous mettiez le lait à bouillir avec le sucre ; puis que vous mélangiez les œufs, la farine avec un peu de lait. Pour finir, il suffit que vous versiez le mélange dans la casserole et que vous laissiez bouillir environ 2 minutes à feu doux.

MATHS (p. 38)

1. a) Si on choisit 4 au départ, on obtient $4 \times 2 = 8$, puis $8 + 3 = 11$ et finalement $11 \times 4 = 44$ • **b)** Si on choisit x au départ, on obtient $(2 \times x + 3) \times 4$ à la fin.
On résout l'équation : $4(2x + 3) = 4$
soit $2x + 3 = 1$
$2x = -2$; $x = -1$.

2.

Entrée	Saisir A
Traitement des données	Affecter à B la valeur 2 × A
	Affecter à C la valeur B + 3
	Affecter à D la valeur C × 4
Sortie	Afficher D

3. a) La variable « résultat » prend comme valeur la réponse donnée à la question « quel nombre obtiens-tu ? ». Observe que $(x + 2) \times 3 - 6 = 3x$. Si on divise $3x$ par 3, on obtient x qui est le nombre de départ. • **b)** La variable « nombre » donne le nombre choisi au départ.

MATHS (p. 39)

1. a) Faux. Le carré de 16,81 est 282,5761. • **b)** Vrai. $2^2 + 2{,}1^2 = 4 + 4{,}41 = 8{,}41 = 2{,}9^2$ • **c)** Vrai. AB est l'hypoténuse. • **d)** Vrai • **e)** Vrai. On a $17^2 = 15^2 + 8^2$.

2. Le côté le plus long est [CA] et $CA^2 = 400$.
La somme des carrés des deux autres côtés est $AB^2 + BC^2 = 12^2 + 16^2 = 400$.
On constate que $CA^2 = AB^2 + BC^2$.
La réciproque du théorème de Pythagore permet d'affirmer que le triangle ABC est rectangle en B.

3. a) $AC^2 = 130^2 = 16\,900$ • **b)** $AB^2 + BC^2 = 120^2 + 50^2 = 16\,900$ • **c)** $AC^2 = AB^2 + BC^2$ • **d)** On a démontré que $AC^2 = AB^2 + BC^2$, donc le triangle ABC est rectangle en B. Le piquet est correctement planté.

ANGLAIS (p. 40)

1. a) Sad: "How disappointed I am!" • Optimistic: "What a wonderful day it would be!"

2. a) had to • **b)** couldn't • **c)** could • **d)** didn't have to

3. a) Andrew could invite some friends.
b) He wasn't allowed to go to the lake on his own.
c) He had to do the washing-up.
d) He did not have to get up at 7.

ANGLAIS (p. 41)

1. a) bottom • **b)** long • **c)** deep • **d)** more

2. a) Scotland is so wonderful! ; Scotland is such a wonderful country! • **b)** Nessie is so captivating! ; Nessie is such a captivating creature!

3. a) won't have to return home at night.
b) will be able to swim under water.

EMC (p. 42)

1. a) discrimination liée au sexe (sexisme) / à la situation de famille / à l'origine / à l'orientation sexuelle / au handicap • **b)** Voici deux exemples possibles : « Je n'ai pas obtenu de prime comme mes collègues car je suis représentant syndical. » / « Je n'ai pas été recruté car, sur mon CV, mon adresse témoigne du fait que j'habite dans un quartier qui a une mauvaise réputation. »

3. Geneviève de Gaulle-Anthonioz → Inégalités riches/pauvres • Abbé Pierre → Inégalités riches/pauvres • Nelson Mandela → Inégalités blancs/noirs • Martin Luther King → Inégalités blancs/noirs • Olympe de Gouges → Inégalité hommes/femmes

TECHNO (p. 43)

1. Le matériau le plus adapté en termes de poids et d'élasticité est la fibre de carbone.
En termes de coût, le matériau le plus adapté est la fibre de verre.

2. Le design.

3. a) Athlétisme • **b)** Nage • **c)** Escalade

4. Grâce à des électrodes qui récoltent les influx nerveux.

Check ! (p. 44)

1. a) CC de lieu • **b)** CC de manière • **c)** CC de temps

2. a) voie (subjonctif) • **b)** croie (subjonctif) • **c)** court (indicatif)

3. a) Ce triangle est rectangle. • **b)** BCD est un triangle rectangle en D.

4. [1] Andrew thinks they must explore the bottom of the lake. [2] Tom is not sure it is a good idea. [3] Thanks to oxygen tanks, a mask and flippers, they will be able to swim underwater for a long time. [4] Tom finally agrees with his cousin.

5. Il fallait cocher : le défenseur des droits et une association.

6.
- Une prothèse — remplace un membre amputé.
- Une prothèse myoélectrique — peut être commandée par la pensée.
- La fibre de carbone — apporte de l'élasticité aux prothèses d'athlétisme.
- La fibre de verre — est plus lourde que la fibre de carbone.

ÉPISODE 5

FRANÇAIS (p. 46)

1. a) La ville de bandits est devenue commerçante.
b) La ville présente une organisation claire ;
Les habitants portent des costumes élégants ;
Les magasins proposent des articles venus du monde entier.
2. Les États-Unis exercent aujourd'hui une influence culturelle à travers le monde entier.
→ puces 1, 2, 3, 5 • L'influence culturelle américaine connaît un déclin. → puce 4

FRANÇAIS (p. 47)

1. vérifier → tu vérifierais • finir → vous finiriez • faire → nous ferions • aller → il irait
2. a) il ne serait pas prudent d'acheter... ; il le laissa libre d'agir comme il lui conviendrait.
b) condition ; prendre le chemin de fer du Pacifique en toute sécurité.
3. a) Il le laisse libre d'agir comme il lui conviendra.
b) un futur dans le passé.
4. pourrais.

MATHS (p. 48)

1. a) $22{,}70 \times 2 = 45{,}40$ €
b) $45{,}40 - 16{,}34 - 12{,}71 = 16{,}35$ €
c) $\frac{\text{Réduction proposée}}{\text{Prix d'entrée des parents}} \times 100$
$= \frac{(45{,}40 - 29{,}05)}{45{,}40} \times 100 = 36$
Soit 36 % de réduction.
2. a) Vrai. 10 garçons pour 25 élèves, soit $10 \div 25 = 0{,}4$ ou 40 %
b) Faux. La baisse du prix est de $25 \times 20 \div 100 = 5$ €. L'objet coûte alors $25 - 5 = 20$ €.
c) Vrai. La hausse du prix est de $30 \times 10 \div 100 = 3$ €. L'objet coûte alors $30 + 3 = 33$ €.
3.

Superficie des États-Unis	9 162 370	100
Superficie des 3 États	1 506 940	16,45

MATHS (p. 49)

1. a) 0,1 • **b)** 60° • **c)** $\frac{AB}{BC}$
2. Dans le triangle DSP rectangle en S, la longueur du côté adjacent à l'angle $\widehat{SDP}$ est celle de l'échelle. On calcule donc DS.
On a : $\cos \widehat{SDP} = \frac{DS}{DP}$; $\cos 70° \times DP = DS$; $DS \approx 1{,}71$.
L'échelle mesure environ 1,71 mètre.
3. a) 20° • **b)** $\cos \widehat{AOS} = \frac{OA}{OS}$ ou encore $OS = \frac{OA}{\cos \widehat{AOS}}$
c) 6 787 km ; SC = 6 787 − 6 378 = 409 km.

ANGLAIS (p. 50)

1. a) a lot of things • **b)** for a long time • **c)** I'm so sad
2. a) are they? • **b)** doesn't he? • **c)** has she? • **d)** won't they? • **e)** didn't he?
3. a) True • **b)** False • **c)** True • **d)** False

ANGLAIS (p. 51)

1. Picture 2.
2. a) He has been to/visited Paris. • **b)** He has won a tennis tournament • **c)** He has read *Romeo and Juliet*. • **d)** He has written poems.
3. a) They haven't had a look at the photographs yet. • **b)** They have just taken photos. • **c)** They have already rowed on the lake.

GÉOGRAPHIE (p. 52)

1.

2.

TECHNO (p. 53)

1. Lorsque tu te connectes à Internet pour consulter un site web, les informations transitent par des serveurs. Il existe des serveurs de contenus (Dailymotion, Deezer, Le Monde...), des serveurs de courrier électronique (Gmail, Yahoo, Hotmail...), des serveurs de stockage (Google Drive, Dropbox...), chacun accessible grâce à une adresse IP.

2. a)

Valeur des bits / Octet	128	64	32	16	8	4	2	1
1	0	0	0	0	0	0	0	1
2	0	0	0	0	0	0	1	0
3	0	0	0	0	0	0	1	1
4	0	0	0	0	0	1	0	0
5	0	0	0	0	0	1	0	1
12	0	0	0	0	1	1	0	0

b) 255

3. HTTP → Protocole d'échange de pages web dans lesquelles il est possible de naviguer grâce à des liens hypertextes. • FTP → Protocole d'échange de fichiers. • SMTP → Protocole d'échange de courrier électronique.

Check ! (p. 54)

1. a) viendrais (conditionnel présent). • **b)** viendrais (conditionnel présent). • **c)** serai (futur de l'indicatif).

2. a) diviser 16 par 4 ; multiplier 16 par 0,25
b) 70 m

3. Il fallait cocher : $\cos \widehat{ABC} = \frac{BA}{BC}$ • $BC \times \cos \widehat{ABC} = BA$ • $AC = BC \times \cos \widehat{BCA}$

4. [1] Look Tom, it's so flat that it must be her head or her tail. [2] I'll take a few photographs. [3] I've always believed in her existence. [4] So have I! I look forward to seeing the photographs.

5. Il fallait cocher la Californie et New York.

6. a) Vrai • **b)** Faux • **c)** Vrai

ÉPISODE 6

FRANÇAIS (p. 56)

1. a) et **b)** Ce nouveau corps chimique dégage spontanément de la chaleur, seul un épais écran de plomb arrête ses radiations. Il est capable de contaminer, c'est-à-dire d'infiltrer, les objets mis en contact avec lui. Le hasard fournit à Pierre d'autres observations dont les conséquences seront d'une importance capitale pour la médecine. Il expose son bras au radium et une lésion se forme dont la guérison laissera la peau nette. Très vite, on s'interroge sur le pouvoir du radium de brûler les cellules malades, en particulier les cellules cancéreuses.

2. du front • de rayons X • d'exploration • grande • de radiologie • voisine • de photographie

3. En 1905 a lieu la remise du prix Nobel de physique qui couronne les travaux de Pierre et Marie Curie sur le radium.

FRANÇAIS (p. 57)

1. a) noire • **b)** noires • **c)** noires • **d)** noirs

2. a) irremplaçable • **b)** nucléaire, minimes • **c)** radioactifs

3. a) fortes, cancéreuses • **b)** récents, sélective • **c)** nouvelles, malades

4. a) orange (seul adjectif invariable) • **b)** bleu clair (seul adjectif de couleur composé, donc invariable) • **c)** vert (seul adjectif variable)

MATHS (p. 58)

1. a) 827 • **b)** 228 ÷ 827 ≈ 0,276 ou 27,6 %

2. a) Vrai. 21 lynx en 1993, donc le nombre de lynx a presque doublé en 2006
b) Faux. 30 ÷ 2 000 = 0,015 par km²
c) Vrai. 12 + 9 = 21
d) Faux. La fréquence est $\frac{9}{21}$.

3. a) Dans le groupe O, 36 % sont de rhésus positif et 6 % de rhésus négatif, soit un total de 42 %.
b) On additionne les quatre derniers pourcentages : 7 + 6 + 1 + 1 = 15. Le pourcentage de personnes dont le rhésus est négatif est 15 %.
c) On a 66 000 000 × 8 ÷ 100 = 5 280 000. Il y a donc 5 280 000 personnes du groupe B, rhésus positif en France.

MATHS (p. 59)

1. a) Vrai. Le coefficient 3 est plus grand que 1.
b) Faux. Les angles d'une figure ne sont pas modifiés par une réduction.
c) Faux. Le coefficient $\frac{4}{7}$ est inférieur à 1.

2. a) $\frac{0{,}54}{0{,}60} = 0{,}9$ • **b)** On a HM = 0,9 × AM, d'où AM = 0,9 × 36,67 = 33 m.

3. Les dimensions de la boîte sont multipliées par 1,2. On obtient 12 cm, 8,4 cm et 3,6 cm.

ANGLAIS (p. 60)

1. a) has lived in Inverness since he was born.
b) show something which is not what the children were expecting.

2. a) they do. • **b)** they haven't. • **c)** they will. • **d)** they didn't.

3. They have lived in Inverness for 20 years. • They have lived in Inverness since 1988.

ANGLAIS (p. 61)

1. a) False • **b)** True • **c)** True
2. a) How many photographs did the children take yesterday? • **b)** Will Tom come back next summer?
3. a) Tom says he will ask his parents if he can come back soon. • **b)** Andrew says they must find new members for their fan club. • **c)** Aunt Debbie tells Tom to write to them as often as possible.

HISTOIRE (p. 62)

1. a) Afrique • **b)** Inde • **c)** Amérique • **d)** empire russe
2. positive : alphabétisation • négative : langue et culture française imposées

SVT (p. 63)

1.

Affirmation	Correction si nécessaire
Le passage sous la douche assure la propreté du corps.	Insuffisant : le savon détruit une partie importante des microbes présents sur la peau.
Les produits de traitement utilisés dans les piscines garantissent la belle couleur bleue de l'eau	Faux : ces produits sont essentiellement des désinfectants qui détruisent les microbes.
Changer régulièrement de vêtements permet de toujours « sentir bon ».	Incomplet : les microbes se logent aussi sur et dans les vêtements. Il est nécessaire d'en changer régulièrement et de les laver.
En cas de blessure légère, un lavage soigné à l'eau savonneuse est un bon moyen de lutter contre les microbes.	Vrai dans un premier temps. Mais dès que possible il sera bon de compléter par un produit antiseptique (destructeur de microbes) efficace.
Se brosser les dents sert à avoir une haleine fraîche.	Incomplet : le dentifrice est un produit antiseptique qui détruit une part importante des microbes responsables de la mauvaise haleine et des caries dentaires.

2. L'injection d'un microbe inactivé, donc incapable de provoquer la maladie, permet de le faire connaître aux défenses de l'organisme qui apprennent à le combattre. Si le même microbe, actif, entre dans l'organisme, il est alors immédiatement identifié et détruit. La maladie ne se développe pas. L'intérêt est d'apprendre à l'organisme à se défendre seul contre les microbes pathogènes.
3. a), b), c), e) → Vrai • **d)** Faux, puisque un antibiotique ne peut agir que sur une bactérie ou une famille de bactéries identifiées et non pas sur les virus.

Check ! (p. 64)

1. a) blancs • **b)** orange • **c)** bleu foncé
2. a) 12 • **b)** 4,75 • **c)** 0,25
3. Vrai (AB = 2 × MP, AC = 2 × MN, BC = 2 × PN).
4. La phrase qui n'est pas correcte est : Why deleted he his photographs?
5. Faux, c'est en Asie et en Afrique.
6. Par la vaccination et par des mesures d'hygiène.

ÉPISODE 7

FRANÇAIS (p. 66)

1. avait été pourvue (ligne 7).
2. Le ciel était embrasé par l'incendie. • Mes yeux étaient crevés par la fumée.
3. a) La colline était couverte par les flammes.
b) J'étais enveloppé par un souffle brûlant.
4. C'est toujours la nuit que l'on donne l'alerte.

FRANÇAIS (p. 67)

1. a) effectué • **b)** parvenue • **c)** réglés • **d)** sélectionnés, retenu • **e)** Interrogés, rétractés.
2. a) as envoyé • **b)** avez envoyée • **c)** a envoyées • **d)** a envoyés.
3. a) s'est propagé • **b)** a déclaré ; sont menacés • **c)** a démarré ; a brûlé • **d)** ont été blessés

4.

	a	b	c	d	e	f	g
1		O	F	F	E	R	T
2		S	A	I	S	I	
3	P	E	I	N	T		L
4	R		T			E	U
5	I		E		O	T	E
6	S		S	K	I	E	S

MATHS (p. 68)

1. a) $x = \frac{26}{5}$ • **b)** $3x = 20$
2. a) Faux. Le théorème de Thalès permet d'écrire $\frac{EH}{EF} = \frac{IH}{GF} = \frac{EI}{EG}$. • **b)** Faux. Le théorème de Thalès permet d'écrire $\frac{EH}{EF} = \frac{IH}{GF} = \frac{EI}{EG}$ ou encore $\frac{3}{GF} = \frac{2}{6}$ soit GF = 9 cm.

3. a) $\frac{2}{6} = \frac{4}{MP} = \frac{RS}{9}$ • **b)** 12 cm • **c)** 3 cm

MATHS (p. 69)

1. a) Vrai. La pyramide a quatre faces latérales et une base, donc cinq faces. •
b) Faux. La pyramide a quatre sommets. •
c) Vrai. La hauteur d'un cône de révolution est orthogonale à la base. •
d) Faux. Ce segment s'appelle une génératrice.

2. a)

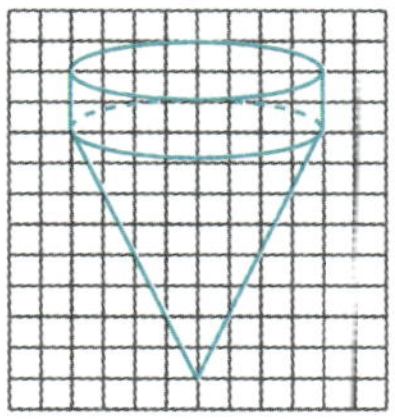

b) Les deux solides composant ce pluviomètre sont un cylindre et un cône.

c) patron du cylindre

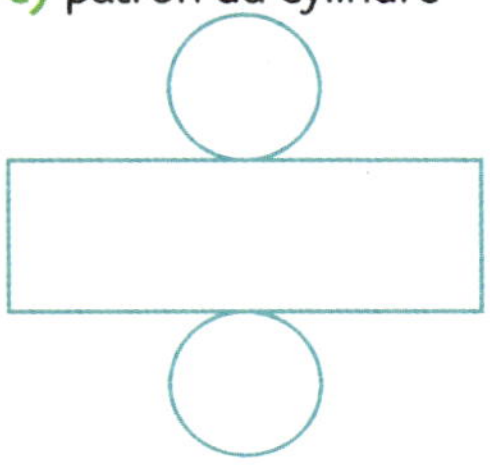

patron du cône

ANGLAIS (p. 70)

1.

[d]	[t]	[id]
arrived replied enjoyed	picked looked stopped	decided

2.

[d]	traveled – moved – listened – lived – opened – loved – saved
[t]	worked – brushed – knocked – asked – cooked
[id]	hated – landed – visited – wanted – painted – waited

ANGLAIS (p. 71)

1.

accent sur la 1re syllabe	accent sur la 2^{e} syllabe
matter – morning – English – difficult – accent – listen – record (n)	agree – improve – record (v) – mobile – about

2. window (n) • finish (v) • sentence (n) • begin (v) • schoolbag (n) • marry (v) • pencil (n) • children (n) • borrow (v) • lorry (n) • stupid (a) • understand (v) • complain (v) • homework (n) • clever (a) • boring (a) • ago (p) • notebook (n)

3. a) record • **b)** record • **c)** suspect • **d)** suspect • **e)** protest • **f)** protest

Les noms sont accentués sur la première syllabe alors que les verbes sont accentués sur la deuxième.

GÉOGRAPHIE (p. 72)

1. a) migrant économique
b) fuite des cerveaux
c) réfugié de guerre
d) réfugié climatique

2.

Principales régions de départ des migrants
Principaux pays d'accueil des migrants
Flux de migrants

PHYS.-CHIMIE (p. 73)

1. Premier paragraphe : le combustible. • Deuxième paragraphe : le comburant. • Troisième paragraphe : l'énergie d'activation.

2.

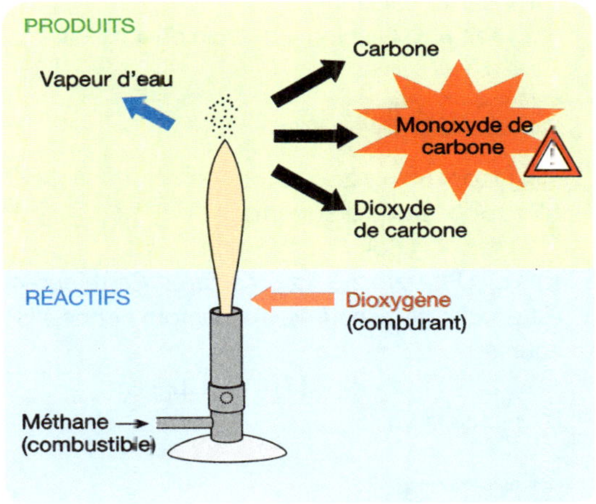

Check ! (p. 74)

1. a) Non • **b)** Oui • **c)** Non • **d)** Oui
2. a) sauvées • **b)** apprivoisée • **c)** écrites
3. a) AB = 7,5 cm • **b)** MN = 3 cm
4. a) [id] • **b)** [d] • **c)** [t]
5. Les migrants représentent 3 %.
6. Lors de la combustion du méthane, le méthane et le dioxygène sont les réactifs et le dioxyde de carbone et l'eau sont les produits

ÉPISODE 8

FRANÇAIS (p. 76)

1. a) La porte est jaune, ce qui correspond au titre : c'est la porte de la chambre dont parle le titre (*Le Mystère de la chambre jaune*).
b) La pancarte est rouge.
c) Cette couleur évoque le sang, le meurtre.
2. a) le point d'interrogation sur la pancarte •
b) entrebâillée. Cette position suggère que quelque chose est caché derrière.
3. a) Gaston Leroux •
b) Oui : c'est Rouletabille.
4. Film policier.

FRANÇAIS (p. 77)

1. a) Le cinéma muet, le feuilleton télé, la bande dessinée, le cinéma moderne
b) Les inspirations d'un film sont multiples. Le genre cinématographique regroupe donc plusieurs genres.
2. « Sans doute peut-on regretter que le film, ainsi mis sur les rails, ne dévie plus d'un iota de sa route. » • Reformulation : Le film n'offre plus de surprise aux spectateurs.
3. a) Fait • **b)** Opinion • **c)** Opinion • **d)** Fait

MATHS (p. 78)

1. a) $120 \times 60 = 7\,200$ secondes
b) $7\,200 \times 24 = 172\,800$ images
2. a) $370 \times 13{,}605 = 5\,033{,}85$ km
b) $5\,033{,}85 \div 210{,}216 = 23{,}95$ heures. Cette durée est proche de 24 heures, d'où le nom donné à la course.
3. a) $24 \times 1\,852 = 44\,448$ m $= 44{,}448$ km
b) 44,448 km/h

MATHS (p. 79)

1. a) $\frac{1}{3} \times 3{,}14 \times 3^2 \times 16 = 150{,}72$ cm^3
b) $\frac{1}{3} \times 3{,}14 \times 2^2 \times 10 = 41{,}87$ cm^3
c) $150{,}72 - 41{,}87 = 108{,}85$ cm^3
2. a) $\frac{1}{3} \times 230{,}3^2 \times 137 = 2\,422\,072{,}78$ m^3
b) $\frac{1}{3} \times 34^2 \times 21 \approx 8\,092$ m^3
c) $2\,422\,072{,}78 \div 8\,092 \approx 299$. • Il tiendrait 299 pyramides du Louvre dans la pyramide de Khéops.

ANGLAIS (p. 80)

Script du document audio

RON – Hold on a minute! There is only one session today for *Murder in Los Angeles*. And unfortunately it's at 2. I can't believe it!

KATE – Oh no, what a pity! Let's go to the movies tomorrow then...

RON – Er...

KATE – Don't tell me you can't tomorrow either.

RON – Well, tomorrow is my little brother's birthday and I promised to take him to the park.

KATE – Listen Ron, I'll go to the cinema right after lunch and you'll go there when you can. Leonardo Paddington! I have to go...

RON – Kate, please...

1. de cinéma.
2. a) Un garçon et une fille • **b)** Au téléphone •
c) Choisir un film
3. a) The boy hates romantic movies.
b) The girl can't stand horror movies.
c) They suggest they meet in the afternoon.
d) In the end the boy can't go.
e) The boy says he is not free the day after.

ANGLAIS (p. 81)

Script du document audio

RON – Why are you laughing? What did I say?

KATE – I'm joking, Ron. I didn't go the movies. I want to see the film with you.

RON – Oh... That's very nice of you.

KATE – But you may not enjoy the film. Leonardo is not a very good actor you know.

RON – Sorry about that. I was joking, too.

KATE – So, what are you doing the day after tomorrow? No mother to help? No little brother to look after?

RON – No, I'm free then. I'll call at your house at 1:30. I'm looking forward to it.

KATE – So am I! Bye!

1. [returned] • [laughing] • [movies] • theatre • [brilliant] • surprised • [excited] • funny • probably • [nice] • [good] • fine • [new] • [like] • hate • yesterday • [actor] • [upset]
2. ret<u>ur</u>ned • absol<u>u</u>tely • <u>u</u>sual • exc<u>i</u>ted • pr<u>o</u>bably • op<u>i</u>nion • ups<u>e</u>t
3. a) angry: Ron • **b)** excited: Kate • **c)** mocking: Kate

HISTOIRE (p. 82)

1. a) Il fallait souligner en rouge : 1944 • en bleu : 1850, 1861, 1880, 1881 • en noir : 1884, 1892, 1907 • en vert : 1900, 1907, 1919. • **b)** C'est dans le domaine de l'éducation que la condition des femmes s'améliore le plus et dans le domaine des droits politiques qu'elle s'améliore le moins.

2.

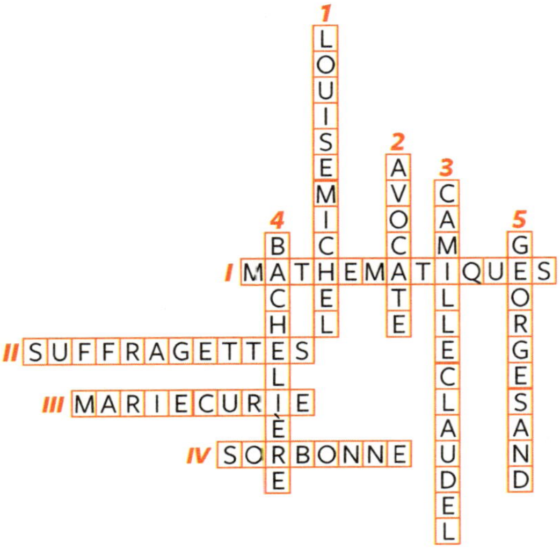

PHYS.-CHIMIE (p. 83)

1. a) ont la même tension entre leurs bornes.
b) $U_g = U_1 + U_2$ • **c)** $U_g = U_1 = U_2$ et $I_g = I_1 + I_2$
2. a)

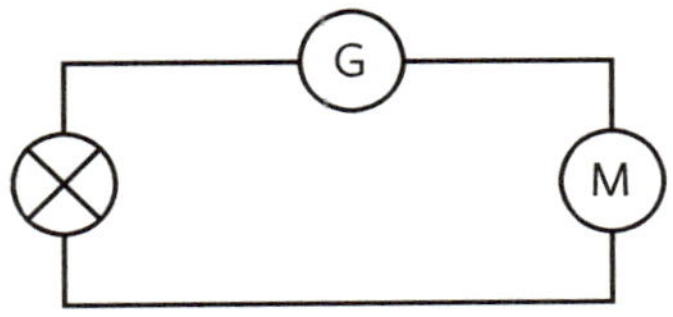

b) On utilise la loi d'additivité des tensions : dans un circuit en série, la tension entre les bornes du générateur est égale à la somme des tensions entre les bornes des récepteurs.
On a donc $U_g = U_L + U_M$ donc $U_M = 6 - 1{,}5 = 4{,}5$ V.
La tension entre les bornes du moteur est $U_M = 4{,}5$ V. • **c)** L'intensité du courant dans la lampe est de 50 mA car dans un circuit en série, l'intensité a partout la même valeur (loi d'unicité de l'intensité).
3. a) C'est Manon qui a raison car dans un circuit monté en dérivation, l'intensité du courant dans la branche principale est égale à la somme des intensités des courants dans les branches dérivées (donc $I_P = 75 + 75$, $I_P = 150$ mA) • **b)** On sait que des dipôles montés en dérivation ont la même tension donc la tension entre des bornes de chaque lampe est de 4,5 V.

Check! (p. 84)

1. a) Oui (« sans doute »). • **b)** Non.
2. a) 2 km/min. • **b)** 7,5 km.
3. a) 20 cm³. • **b)** 56,52 cm³.
4. Il fallait cocher : Avant l'écoute, observe bien le titre et l'illustration. Repère combien de personnes parlent et où. Repère les mots principaux qui te permettent de comprendre le sujet.
5. Le droit à l'éducation.
6. Dans un circuit en série, la tension aux bornes du générateur est égale à la somme des tensions aux bornes des récepteurs. Dans un circuit en série, l'intensité du courant a toujours la même valeur.

Achevé d'imprimer en France par Imprimerie IPS
Dépôt légal : 06350-1/01 - Mars 2020

Infographie : Vincent Landrin / Corédoc (p. 13) / Domino (p. 23, 73)
Cartographie : Grafatom (p. 52) / Légendes Cartographie (p. 62) / Noël Meunier (p. 72)
Illustrations : Audrey Bussi / Laurent Lolmède (pages d'anglais) / Alteau (p. 69)
Iconographie : Brigitte Hammond
Maquette de principe : Favre&Lhaïk
Mise en page : Grafatom
Édition : Aude Marot